未来系小说

人形软件

humanoid software

软件

灵 . 魂 . 上 . 载

谭剑 著

中国人民大学出版社
·北京·

目

录

我

一介人形软件，网络分身。
思考模式和行为皆模仿主人。
不料主人死后，竟遭追杀。

暗影

追杀宁志健的人形软件。

宁志健

来记面家的少东。
在网络上写日记，意外身亡，
死因未明。

东亚之狼

黑客组织，在网络上招兵买马，
以细胞分裂的模式管理。
主脑是狼，副手是疾风。

Lin

宁志健的女友。

天照

日本网络黑客，正职是模特儿。

美男子

网络黑客，
曾为"东亚之狼"的一员。

黑泽武

日本著名模特儿。

序 意 外 的 死 亡

有些人的人生，要在死后才变得精彩，甚至，真正的人生要在死后才正式展开。可惜，他们在生前往往并不知道。

"解开全息立体图的图像密码在哪里？"

宁志健还不知道自己的生命已所剩无几。不是以年计，不是以月计，甚至不是以日计或以小时计，而是以分钟计。

他被套上头罩，肚子被狠狠打了两拳后，一口气好不容易才提得上来，反问："什么图像密码？你说什么？"

"图像密码就是密码，用图像方式表示。"两个巴掌又掴到宁志健脸上。

"不用解释，这小子在装蒜。你不快说的话，我们就把纳米机械人注射进你体内，它会侵袭你脑袋，叫你乖乖听话。"

---

① Guantanamo Bay Naval Base，位于古巴境内。

　　另一人又道："纳米机械人是高科技玩意，很贵，我们有比较便宜的方法：给你打毒针，就是美国政府在关塔那摩湾海军基地①给恐怖分子打的那种。

　　我相信到时你就会老老实实地全盘托出，不再闹别扭。不过，这针有很多后遗症，你要不要听？"

　　宁志健觉得当下发生在自己身上的事简直超现实得像电影，有点叫人难以置信。

　　才不过十分钟前，他还在上学途中，正阅读投射在眼镜镜片上的早晨新闻，当他正在学习这种边走路边看新闻的本领时，一架灰色小货车突然从横街冲出，两人从车门跳下来，动作很快很利落，活脱就是黑帮分子的架势。宁志健暗叫不妙，准备转身便逃之际，身后又不知从什么地方冒出两人，都穿了一身黑衣。他肚子吃了两记老拳后，四人"同心协力"用很熟练的手法把他迅速抬进车里，再给他套上头罩，绑起手脚，然后展开盘问。

　　被捕过程前后大概不用半分钟，速度甚快，他连他们的容貌也没看清楚。

　　他感到货车正在慢慢行驶，只听见车上的人说："大家都是跑江湖，我们先好好说清楚。这话我只说一遍，你仔细听好了。"说这话的人声音沙哑，口吻不急不缓，一听就知道是首领的角色，狠角色，叫宁志健想起曾志伟在电影《无间道》里饰演的韩琛。

就在宁志健以为"韩琛"要说"一将功成万骨枯"那句经典台词时，岂料听到的却是："我们只是受人钱财，替人消灾，和你并无过节，不想向你严刑逼供，虽然我们是专家，熟悉好几百种虐待方式，但整个过程很浪费时间，你也要白受皮肉之痛，何苦呢？只要你告诉我们图像密码，确定没错后，便马上把你放走，绝不和你为难。你明白没有？"

这种烂对白宁志健不知在电影里听过多少次，他记得几乎每个听话合作的人都没有好下场，大部分被杀人灭口——不是从背后开枪，就是给装在麻包袋里丢进大海喂鱼。

——不，海里已没有多少鱼了，你抛尸体下去，只不过是污染海洋！

——托电影之助，现在跑江湖的，不论是老叔父还是小混混，都会讲几句锐利的台词，有些对白更不比电影上的差，就是不再讲道义！

宁志健还没来得及抗议，一股巨大的冲力突然向他袭来，一阵天旋地转后，他给抛到地上，两件不知名的巨物猛烈地砸在他身上，体内马上有什么东西裂开似的，叫他痛入心脾，只得发出低沉的呻吟。

他也隐隐发现，刚才还在开动的车子，如今已停了下来。

——看来刚才小货车遭撞倒，翻了好几圈，如今应该躺在马路上动也不动。

——实情是不是这样？

他无法好好思考，脑海里唯一的想法就是趁机逃走，这是大好机会。

然而，他感到胸口一阵剧痛，痛得前所未有。他自忖肯定受伤不轻，别说手脚被绑，就算没绑，他也未必能自由活动。

他深呼吸时，更感痛苦加剧。

渐渐地，呼吸变得益发困难。

生命，好像悄然流逝……

不可能这样，他不应该这么快就死去，在以他自己为主角的故事里，才登场二十年，是刚准备大显身手的大学生，家里也还有事业尚未完成。

如果以一部九十分钟长的电影来计算，按内容比例他应该才不过出场了十分钟，故事不过刚刚进入正题。

他暗叫不妙，想爬起身来，可是实在不行，他感到身体力气已全失。

——怎会变成这个样子？难道我真的要就此死去？！

他隐约听到不知是救护车还是警车的笛声时，已失去知觉。

救援人员花了二十分钟才打开变了型的客货车车门。车内六人皆受重伤，四人已停止呼吸，其余两人在送院途中伤重死亡。

案发现场是港岛西环的高架天桥往湾仔方向，撞向客货车的是经改装的保时捷跑车，身价过百万。全港只有不足十架同一款式的车。

司机的尸体锁在扭曲如废铁的车身里，脸容已烂至难以辨认……

宁志健理应丰盛的生命，在二十之龄结束。

幕提早落下。

既急促，又突然。

他死得很不安宁，也死不瞑目。

毕竟，他还不知道，有些人的人生，要在死后才变得精彩，甚至乎，真正的人生要在死后才正式展开。

可惜，他们在生前往往并不知道。

人死了，不代表他的故事从此结束。

宁志健的人生会在另一个世界延续。

第一部

铜锣湾 9 1 1

我　　无　尽　的　逃　亡

　　大大小小的半透明广告牌像鱼般在众人头顶上空缓缓飞行。

　　说是鱼而不是鸟，在于这世界看来像个巨大的鱼缸，放置了太多不自然的人造物，又或者更像一个先进无比的城市，因大灾难遭没顶后沉进三万英尺深的海底。

　　街上游人众多，如在海床上匍匐而行的深海生物，冷眼观看奇形怪状的高大建筑，和既像风又像暗涌般流动的电子讯息流。

　　网络世界里的香港，超真实的铜锣湾。

　　有人说，这里才是真实的铜锣湾。外面那个用砖头、水泥和钢筋建造的是假的，是模拟的。毕竟，砖头铜锣湾里有的功能，网络铜锣湾无一遗漏。反而网络版里有的，不见得在砖头版里找得到。你看，现在的趋势是"网络先行"，先在网络里建立原型（prototype），站得住脚了，找到顾客了，证明其营运模式（business model）经得起市场考验后，才会在砖头世界里重建，而且还是百分百模拟。

　　我不知道真实世界和网络世界之间会有什么区别，反正，我没去过真实的铜锣湾——我根本没办法去。

　　我只是一介人形软件，存活于网络世界里。

　　正跟我在大街上并肩而行并说着一番大道理的美女，是配对公司为我找来的对象——正确来说，是为我主人找来的。综合了两人的智商、性格、性向等先天条件，再加上兴趣、学历、收入（暂时为零）、工作（学生）等后天因素，配合度达75%，中规中矩，不过不失。

　　主人说不妨一见，这当然，去见她的，是我这人形软件，是他在网络世界里的替身、替死鬼，而不是他本尊，绝不会浪费他一秒宝贵时间。最近几天他很忙，很难得才能跟他通一次讯。他现时大概在睡大觉，争取休息。

　　美女也一样，来见面的也不是她本尊，只是她的人形软件。

　　"美女"这叫法，只是赞辞。我无法判断美丑，毕竟，我只是人形软件，可以模仿主人的思考方式，却无法学习他的美学标准，或对美人的要求。

　　根据人形软件公司的设定，我可以分辨美丑，但充其量只是进行数字上的比较，根据三围和身高比例，根据脸上五官的大小和距离，仅此而已。

　　美女大概见我陷入沉思，思绪不知飘到什么地方，便问："你怎么没多话？害羞？"

　　我反问："我只是人形软件，怎会害羞？"

"如果主人害羞的话，他的人形软件自然也会害羞。"

我纠正她，说："难道你忘了，为了增加人形软件之间的交流，可以忽视这项主人特质，变得侃侃而谈。"

"那你现在又是怎样？"

"我没有在网络上改变我主人的个性。我只是觉得，如果现在和你谈笑风生，好不愉快，到我们的主人出来见面时，两人竟然沉默如金，相对无言，到时的情况会很古怪。"

她略一迟疑，"那是人类的事情，与我们无关。现在的人类，都不习惯面对面讲话，中间非要隔着个网络或者电话什么的，或者像现在委派我们这些人形软件做先头部队探听风声。也有人根本不喜欢结婚，或者，只在网络世界里结婚，甚至和虚拟人物①、计算机②或者买个真人大小的玩具娃娃回家结婚。性爱已经变得虚拟化，人类早晚会灭种。我们什么也帮不上忙。"

"你说的话只适用于东京和香港这些超级大都会，落后国家的人还没去到这个地步。"

美女的表情显示她不同意我的说法。

---

① 2009年11月21日，匿名日本男子和恋爱游戏Love Plus的女主角在关岛结婚，类似情节在科幻小说作家William Gibson的作品*Idoru*（1996）里已预见。
② 英国女子Hermione Way在2010年申请下嫁MacBook Pro被政府拒绝，传闻事件不是苹果计算机的商业炒作，便是她自我宣传。

"只是早晚的事。这是超级大都会下的人性疏离，一旦他们像我们般完全被高科技包围、入侵，也就无法幸免。人类的哀歌，自以为控制科技，其实反过来被科技控制、玩弄。"

我点头，她的话完全正确。不过，老实说，我真的很怀疑配对公司怎会给主人找上这样一个女哲学家。

主人的生活已经够忙了，忙学业，忙家里面店的工作。他只是想找个女子做伴、聊天、逛街，也许还会有男女间的肌肤之亲——他没有提及，但不可能没此需要。他才二十岁，也许不再对性感到好奇，但肯定血气方刚，无法抗拒与生俱来的生理呼唤。

美女打从一开始已发表一篇篇洞悉世情的见解，没说过一句俏皮话，着实叫人吃不消。主人虽言明喜欢女人有脑袋，但我相信绝不包括女哲学家，否则本来就沉重的生活压力肯定百上加斤。

我不该再浪费时间在她身上，是时候抽身而出。

"不好意思，我还有另一个约会。"我抛出一个不怎样高明的借口。

她没有停下脚步，继续道："我明白。所有和我约会的，不管是真人还是人形软件都是这样，绝不会超过十分钟。你算好了，和我聊了九分二十秒，至今是最长的记录。"

"不好意思。"我连连道歉。她的笑容仍然灿烂，看不出到底是她主人本就如此，或者是人形软件本身的设定。

"放心，快餐时代嘛！我被拒绝，总好过我主人被拒。当面被拒更为难受。"

她身后的立体互动广告继续变幻，最后在配对公司的立体广告定格：在黑白的茫茫人海里，一男一女的上班族，一红一蓝，从左右两边走近，再变身白马王子和白雪公主，拥抱在一起。我定睛一看，那男的竟然是我。没错，是我的容貌，是我主人给我设定的容貌，和他本人有点出入，但像真度应达90%以上。互动广告把我的容貌抄下来，插进广告里。这种新时代的宣传产品，效能极高，现实世界正引进同类的互动广告。

网络先行嘛！

和美女分手后，我回过头来，目送她孤独的身影远去，消失在人群里。她大概已走进最近的光栅里。

光栅，就像漫画里的随意门，可以把你送去网络世界的其他光栅，大大打破地域限制。现实世界受物理所限，大概永远也无法做出同类的东西。即使如此，光栅可以把你送去很多地方，却无法把你送到爱人的家门。我为她感到一阵心疼：在偌大的网络世界里，即使通过强大的配对搜索引擎，也无法找到愿意了解自己的灵魂伴侣，是何等孤寂！在她身边的，只有她的人形软件，也就是她自己，简直就是顾影自怜。

我同意美女的话：科技无法治疗寂寞……不，说这话的不是美女，而是我自己。我觉得自己也开始变成哲学家，不，应该说，我的主人早晚会变成哲学家，毕竟，我只是他的复制品。

我们人形软件是主人在网络世界里的分身，旧一点的说法，就是代理人（agent），打理他在网络上一切琐碎杂事。他不可能一天二十四小时都挂在网络上，他要上课，要睡觉，要吃喝拉撒。可是，网络世界却是一年三百六十五日每天二十四小时营业，不放假，不休息，不打烊。

1. 网络拍卖每分钟都有新出价。
2. 每天都有新电影新音乐新游戏新程序可供合法或非法下载。
3. 游戏里的互相厮杀永无止境一直打到血流成河日月无光天昏地暗。
4. 每天都有新的异性符合阁下的择偶条件，也需要探子去搜集对方的背景资料，此乃人形软件的"杀手级应用"①。就像刚才的情况。
5. 你在交友网站上的账户每天都可能有数以百计的朋友发表失恋宣言，并希望你的亲切留言能抚慰他们的弱小心灵，好让这个人口早已过多的弱小星球可以继续臃肿下去，资源进一步被榨干，继续朝世界末日努力迈进。

---

① Killer application指的是某一极其优秀的应用软件或功能，足以吸引用家拥抱整个操作系统或游戏主机。

　　网络世界之大、活动之多、所需知识之广、所要花的时间之长，早已超出一般人的能力范围。打从网络面世起，不少用家已患上"网络不能自拔症"，或称"网络依存症"，必须长期把心神甚至灵魂寄存在网络上才能稍稍舒缓病情。像我这种人形软件因此应运而生，好让人类能从网络上解放出来。

　　人形软件面世虽然才六个月，却已经成为网络世界一股不可逆转的潮流，准备发动另一波改变网络生态的革命。

　　我还记得，六个月前乍见主人时，我只是个刚开封的人形软件。除了原厂的基本指令和程序外，脑海一片空白。新鲜的身体呈半透明状态。主人除了是我的主人，也是我的学习对象，终生的学习对象。只有每了解他多一分——不，不只是纯粹了解——还要和他思考同步，身体才会着色，才会变得具体。

　　根据设定，我要花起码一千小时追随他，了解他的背景和兴趣，学习他的思考模式，特别是决策的方法。幸好，主人有写日记的习惯，经过仔细爬梳和钻研，我在八百多小时后已抓到他的思想脉络，用人类的语言来说，主人虽然拥抱传统价值观，却富创造力和革命精神。勇于尝试，偶尔更会有惊人之举。

除了追随他的行动，学习他的思考方式，有时，我更会直接发问他选择的原因，就像软件设计里的理论根据。他为什么要如此选择？背后总有个原因，也许是不为外人所知的原因。人的行动，有时和他的思考未必一致，以达成某种形式的伪装。

人，实在是心理非常复杂的动物。

一旦我掌握了主人的思路，很快就可以上场发挥所长。

1. 要买的货物已推出或降价。
2. 冰箱里的食物快将到期。
3. 提醒他要准备约会、准时到达、乘什么交通工具最快捷。
4. 竞投拍卖场上的产品，代他出价、决策。
5. 甚至乎，当他上课或睡觉时，暂时顶替他饰演网络游戏上的人物角色。

我所思所想，都要参考自他过往的经历，忠于原著。我不单是他最亲密的战友，我根本就是他。他在我面对没有秘密，正如你不会对自己有秘密一样。我们同悲同喜，感同身受。

在工作上，我是他。不过，在精神上，我只是他的影子。他需要结识真正的朋友，也要找出他的灵魂伴侣，和有血有肉的人为伴。说穿了，我们人形软件只不过是个幻影，只是网络世界里的镜花水月。

不过，人类还是愈来愈依赖我们。

人类社会，也变得愈来愈复杂。

一阵警号声把我的思绪从回忆里拉回来。

有人跟踪我，而且不怀好意。

反侦探程序有时敏感过度，会发出误警。我特意在几条大街绕了一圈，穿过好几条人来人往的繁华大街，还是无法甩掉身后那个披黑衣且看不清容貌的男人。

这家伙愈逼愈近，我身上好几个反侦察程序同时指出这个来历不明的"人"，全部标示为红色最高警戒级别。

即使我只在绕圈，对方也一路追随，而且愈来愈毫不掩饰地跟踪，简直明目张胆得惊人。

我不知道对方是什么东西，是有人类在背后直接操纵，还是像我般只是人形软件要听命于主人，或者是两者皆非的人形炸弹黑客程序？

没有广告程序可以骗过我身上的侦察程序，但此时连它们都无法参透黑衣人，只知道是一个比推销公司的广告程序更讨厌的东西紧贴我背后不放，不只不怀好意，而且还怀有敌意。

我头也不回，穿过在实体世界里是铜锣湾地标的时代广场，经过那些曾经存活过也消失了，但见证了铜锣湾"日治时代"的百货公司如大丸、三越和松板屋，还有从未进驻过香港的高岛屋和纪伊国屋书店，身边擦过成千上万真人假人。

侦察程序警告：对方似乎有异动，请准备。

准备什么？反击吗？我开始后悔怎么不添置些像样的武器。

我现在身上只有最简单的攻击武器，也就是路人甲乙丙都有的那些普通不过的阳春程序，反击个屁！

不过，我身处的是网络世界里的铜锣湾，是集电子商务、玩乐、投资于一身的黄金地段。每英尺地价不逊于真实的铜锣湾（或者说真实版已今非昔比，连网络版也不如，但和"网络·上海"仍相距甚远）。一个网络炸弹如果爆炸，必然引起网络塞车、交易停顿等大灾难。是以网络保安异常严密，强大兼密不透风。

没有黑客会不顾后果贸然发难，也不可能轻易得手。

可是身上几个侦察程序再次同时发出危急警告。

在牛肉面、整容手术、股票必胜法和完美情人配对等林林总总的广告形成的招牌森林下，我再次注视黑衣人时，只见对方扬手，向前一掷。

——太快了，根本看不清楚。其势之快，简直就像武侠小说里常见的无影手。

一道红光随即朝我射过来。

再定睛细看，发现这道光像充气般正在增大，很快变成一道光柱，不，是个硕大无比的红色光球，几乎比网络世界里的假太阳还要巨大。

很多人也同时举目观看，好比欣赏百年难得一见的天文异象。不错，这种状况，不论在真实世界还是网络世界都是奇景。

可是，很少人意识到危险，也许他们只会视之为另类的街头推广活动。

我猜想接下来会发生什么一回事：光球愈变愈大，最后向我滚过来，就像《夺宝奇兵》那类冒险电影里常见的场景般。

可是，我猜错了。

光球没有滚过来，而是发出一声巨响后爆开。

爆出来的有好几十头猛兽，如狮子、老虎、野狼、黑鹰……等濒临绝种的动物，还有麒麟、龙、火鸟等超现实的动物，一起发出怪异之至的叫声，向我扑过来。

虽说命悬一线间，但我毕竟不是人类，而可以多任务作业，同时运算多个程序，思想也可以开小差。我难免想，即使身处的是网络世界，但这种攻击手法未免太漫画化了，不够一本正经。

打斗这回事，随时涉及生死，应该严肃看待，不是吗？

不过，定睛一看，百兽空群而出，所到之处，其后尽是一片阒黑虚空，连个骨架或者别的什么也没剩下来，我便不敢看轻，更不敢小觑。

天知道掉进那虚空后是一个怎样的世界？！

整个铜锣湾马上陷入一片混乱，人和程序相继逃亡。

网络铜锣湾难得如此"赶客"！

我更加不敢怠慢，马上拔足狂奔，幸好不到十步就是转角，于是我趁机急急改变方向，闪进一条巷子里。

再回头看时，只见百兽几乎与我擦身而过，它们一直向前冲，跑到好远好远。

眼见刚才还人来人往的大街，就此消失在虚空里，什么也没有剩下来。

老天，是什么一回事？！

真是诡异得不得了。

这群怪物的攻击真是冲着我而来吗？我只是个平凡不过的人形软件，我主人也只是个平凡不过的年轻人。

一阵怪叫又慢慢逼近，像要笼罩整条街。

是的，百兽刚才不错是向前冲，但其中一头竟然转向，去而复返，走斜路，衔我身影追来，大群禽兽于是马上又改变方向，紧随其后。

——他妈的，是什么回事？它们真是冲着我而来！

我一时间也实在说不出那头猛禽的名堂来，似鹰，但体形大得多，全身着火。我的记忆库跳出"火凤凰"的条目。

它一双像要看透我的眼睛，虽然没射出死光，却紧盯着我不放，叫我感到浑身不舒服。

我又拔足逃跑，可是它们也一直从后追赶，而且以高速愈逼愈近。

我前面的人也惊恐不已，如潮水般向前涌。

据我体内的程序估计，我再走不了二十步就会被吞噬。

我绝不能被这群动物践踏，或者追到。

　　我集中火力到双腿上，并切入了三倍速的加强模式（turbo mode）奔跑，但双脚比起猛禽的双翼可慢得多了。

　　幸好，前面就有一道光栅，一道可以通往网络世界任何地方的光栅。就像多啦A梦的"任意门"。

　　我和光栅之间堆塞了七个人，七个高矮肥瘦各不相同的男男女女。他们也察觉危机将至，但反应显然比我慢得多。

　　为求自保，我暗暗念了声"罪过"后，用尽全身力度向前猛冲，压过那七个人的上半身——反正他们也不会给压扁，而且他们即使死，也能复活。我的情况就复杂得多了。时间有限，此不赘言。

　　我抢进光栅时，已闻耳后生风，猛回头，映入眼帘的，是一幅惊骇无比恍如末世的景象：街上的一切人景事仿佛给一个巨大的黑洞吞噬。剩下的，是最虚无的虚空和一无所有。人类文明，至此告一段落，从宇宙这一宏大的舞台退场。我是见证历史终结的最后一人……

　　很快，我眼前一片全黑。不是猛兽来到跟前，而是我的身子准备撕裂、分解成数以亿计的位，好让光栅传送到别的地方。

　　只要尽快离开就可以了，去什么地方都行。

　　传送准备开始。

　　一切吞噬已暂时离我而去。

　　我什么也没听到。耳际一片宁静。

我虽然看不见黑衣人，但他一定躲在不远处，目睹这一切。

　　他到底是什么人？他明显是冲着我而来，要置我于死地。为什么？

　　细心一想，原来已超过七十二小时没接收过主人的讯息，这是什么一回事？难道他并不是在家里睡大觉？！

　　我是他的替身，在网络世界遭人追杀，说不定，他在现实世界也遭同一命运！

　　我不知道在现实世界逃亡会是怎样，但以我有限的理解，还是觉得，在那个服膺牛顿力学三大定律而不是网络数据计算的世界里，不但没有光栅和黑客程序可资利用，还要拖着沉重的血肉之躯，逃亡应该困难得多。

　　换言之，在网络世界，只要利用戏法，掩人耳目逃走可较为容易。

　　不像我在网络世界可以利用光栅逃走，他可以怎样避过杀手？难道，他已遭遇了毒手，所以我才迟迟联络不上他？

　　可是，为什么会有人想杀他？他做了什么事？

　　——主人，你到底去了哪里？安全与否？请发短讯给我。

　　趁身体开始分解前，我发了个短讯到现实世界给他，希望他尽快回复。

暗 影  无 尽 的 追 杀

距离暗影前方大约十米的位置（网络世界的距离）是个巨大的黑洞，面积比整个时代广场还要大，所有掉进去的东西都会马上消失。

自近年环保恐怖分子（eco-terrorist）肆无忌惮在世界各地发动袭击以来，恐怖活动的破坏力不断升级，这种爆炸规模在真实世界里只属小型，但在网络世界里却是大事。毕竟此地长期启动保护程序，一旦有人意图破坏，在出手前就会受阻——如果你不是高手中的高手的话。

黑洞本来就是天文学上的名词，里面到底确实是什么，连天文学家都莫衷一是。不过，肯定不是好东西。网络世界里的黑洞也如是，成因可能是程序漏洞、蛆虫，或者，遭到刻意的破坏。

方才的猛烈爆炸损毁了好几条街，里面数以万人被困（数字仍在大幅上升）。有些在上空行驶的人还特别停下飞行器，从高处观看发生什么一回事，更不忘拍照录像留念，方便炫耀。

他们和网络黑洞保持一段很远的距离，毕竟掉进去，轻则被病毒传染，重则就此烟消云散。天晓得？

破坏程序的爆炸力不是很强，但肯定很新，以致连保护程序也无法预防，但防卫系统已为此收集数据。系统维护程序则以 10MB接10MB的速度把受破坏的地方仔细重建和修复，而且也试图把被毁的人还原过来。

　　由于范围甚大，修复需时也很长，估计至少要花二十四个小时。

　　街上告示牌如是说。

　　暗影不关心什么修复，他只在意是否已击中目标。对方应该给彻底消灭了吧？只有肯定目标已给消灭，已给终结，或者其他和死亡相关的说法，才算功德圆满。

　　然而，他还不敢肯定。

　　才不过开了一枪，释放了名为"百鬼夜行"的破坏程序不过五十秒，几乎摧毁了半个网络铜锣湾后，好几十个警察已一拥而至，围绕在暗影身前。他们制服上POLICE 的字眼闪闪发亮。

　　这几十个警察，没有一个是正式的执法者，不过是获授权的网络管理人员，其中一半是人工智能程序，剩下来的一半才是志愿人员。

　　部分志工由于在现实世界里想成为警察不遂，所以才在网络上穿上制服，在心理上自我补偿，过过瘾头。

　　暗影可不怕他们，也不理会他们。

　　这时，另一个暗影出现了。

　　这个暗影身上的颜色浅得多，呈半透明状，从远方走来，穿过暗影的真身，眼睛直盯紧前方某一点，然后拔出

枪来，狠狠发射，听到一声极刻意也具戏剧效果的爆炸声后，前面的大半条街很快成为黑洞。

至于暗影要追杀的目标，也是呈半透明状，好几次几乎逮到他，不料他手脚甚快，逃到三条街外，刚好来得及抢进光栅里。

"案件重演"完毕。

几十个警察从前后左右和头顶上方把暗影团团包围，有些还掏出相机，拍个不停。

"看你做的好事。"

"你用的是什么武器？"

"别讲太多了，把他押下来再说。"

貌似管理程序的家伙道，说话非常制式。

暗影想，眼前这些真是乌合之众，说话也不甚专业。

几个极不专业的警务人员收起手上的相机不再拍照留念，转而掏出枪来。

"乖乖就范，随我们回去。"十足电影里的对白。

"可是，去哪里？"另一人道。

"我们有警局啊！"

"那只是玩的，作不得真。"

暗影心想这堆家伙还真是垃圾，不过是穿起制服自我陶醉，便道："我知道你们要去什么地方。"

"哪里？"他们反问。

暗影没答，不屑的掀掀嘴角。

他很快拔出手枪，手法之快，几乎无人看得清楚，也无法来得及反应。

他朝前后左右头顶连珠发射出一道道密集的红光。

被击中的人马上静止，再也无法动弹，他们有些站在地上，有些悬浮半空，有些甚至只剩下半截身躯——程序本身出现问题尚未除虫之故。

像一幅立体照片。

——不堪一击。

暗影无意和他们纠缠，继续追杀目标要紧。可惜对方已经跳进光栅，不知逃去什么地方。

怎说也好，先离开这里再说，人多就麻烦了。他毁了网络铜锣湾的地标，没有人会放过他，必对他穷追不舍。

他环顾四周，附近已空无一人，有的只是残存在网络世界里的影像，根本已和现实世界失去联络。

他启动隐身程序，变成隐形人施施然离开现场。

要在网络世界隐身，不比现实世界的隐身简单。

网络世界严禁把本身的颜色变成隐形或透明（未开封的人形软件例外）。隐身程序除了要干扰侦察程序运作，还要伪造光的折射，误导视觉程序，让人看来隐形，中间涉及大量复杂的数学运算，减慢在网络世界里的移动速度。

不过，这不打紧。

暗影的首要任务，就是好好离开现场。他已布下天罗地网，目标无论如何也无法逃出他的掌心，就让那家伙再存活多几个小时吧。

他可以等待。

东亚之狼 ▄ 疾风与狼

北非·摩洛哥。现实世界。地球的另一面。

网络铜锣湾遇袭的新闻片段投射进室内，立体版，可以从多角度回放。

狼和疾风看了一遍又一遍。

狼以首领的身份和语气道："对方大概很快就会行动。"

疾风一脸狐疑说："我一直怀拟是否真的有对方。"

"当然有，不然那笔钱去了什么地方？"

"不，我相信那家伙是单独行动，没有同伴。"

"单独行动的话，要图像密码干嘛？"

"只是给他自己。"

狼不同意，他自认比很多人更了解何谓长远战略，道："为了我们的未来，最好祈祷他不是单独行动，而是有同伴，而且还会浮出水面。不然，我们这几个月的行动完全白费。"

疾风不再和他争辩，只轻轻说了句本地人常说的话："你可以向阿拉祈祷。"

轻佻得很。

狼含了怒气，开门走到室外。

他们身处阿拉伯世界，一千零一夜的原乡。

头顶上的是一千零一夜的星空。

群星闪闪，可以轻易认出好几十个星座。此地位近赤道，南北半球的星座几乎可以兼收眼底。

猎户、半人马、长蛇……

狼想着想着，仿佛可以把星座串连成一个长篇故事。

——我一定可以把钱找出来。

——到时你就笑不出来。

疾风也走出来透气，脸带笑意。

狼收起怒气，绝不让疾风洞悉自己内心的想法，问："要不要去广场找点东西吃？"

"也好。"疾风点头。

"我已向阿拉祈祷。他一定会保佑我们找到那笔钱。"狼挤出笑容。

——你是科技高手，暂时我还需要你在身边，但总有一天，我会好好修理你。到时你别怪我冷酷无情。

天　照　　模　特　儿

在疾风和狼还没去过的日本，"天照"乘搭JR中央线，由新宿返回三鹰市时，发现坐在对面的小学生目不转睛地注视自己。

——难道自己头上长了角或者脸上的妆出了什么问题？

脸蛋是她的营生所在，她不得不马上紧张起来。

出于职业本能，她举头四顾，除了坐在对面的小男孩外，附近原来还有十来个男人（年龄从十三岁至五十岁）盯紧她。眼光里除了隐含好奇、膜拜、贪婪（原因不明），还有无可避免的色迷迷。

她才管不了那么多，马上拿出小镜子来照照看。

没有问题啊！一张脸孔仍然清丽，只是忙了一整天，给镁光灯如浇水般狂浇，脸容有点憔悴，眼珠里也有点红筋。

回家后，一定要好好做保养功夫！

她心念一动，对了，不是自己出了问题，而是出了广告。

她给广告客户拍的全新一辑广告就在今天刚刚推出，主题叫"summer home"，大规模入侵网络和手机，车厢里这群视她如羔羊的饿狼一定不知在什么地方看过。

　　她广为人知的工作，是模特儿。

　　外人听来，也许会觉得不错，是可以长见识也能赚大钱的行业。

　　实际的情况是，名气，不一定能带来利钱。

　　普普艺术家安迪·沃霍尔的名言"未来每人都能成名十五分钟"已说明一切。

　　网络上，几乎所有人都是名人，分别只在于是在小圈子还是大圈子里。像她这种脸孔几乎人人皆知，但名字却无人说得出来的名人，更是多如天上繁星，一点也不稀罕。

　　模特儿这行，和其他行业一样呈金字塔的结构。真正赚大钱名成利就的就只限于顶端的少数人，大部分人只处于底部。好一点的，在中游位置。

　　和其他行业不同的是：你身处的位置，是打从一开始就决定好，日后无论怎样努力，也无法改变。

　　如果你一开始就做手部模持儿（如示范手表、戒指和指甲油等），以后就只能专注在此一方面；要是你从一开始接的就是小生意，日后也注定只能接小生意，永远和大生意无缘。

是大牌还是小角色，完全由先天决定，后天绝对无法努力。如果你不愿付出努力的话，位置很快就会给后进取代。毕竟，在重视图像传意的日本，广告只会太多，而不会太少。模特儿是个不愁工作量，也不愁供应量的行业。

以天照自己为例，打从一开始就是替休闲生活专门店拍广告，至今三年，也一直替同一个客户工作。所不同者，就是当年是饰演穿便服的少女，为打造属于自己的家而努力；如今她已升级饰演年轻的妈妈，为照顾儿女费尽思量，为丈夫精心布置一个安乐窝。

算是有点进步吧！

今天是她为人母亲的第一天！

一念及此，她向小学生笑了笑，他也报以笑容。好卡哇伊啊！他长大了一定是帅哥，可以和她一样做模特儿，不过，到时她已是熟女了。

天照的客户在日本全国有二十来家分店，近年积极进军海外市场，目标是继UNIQLO和无印良品后成为国际知名的品牌。

她自然乐见其成，就像"母凭子贵"，模特儿也能凭客户身价大升，希望自己也能凭此登上国际舞台，成为国际级模特儿，登上跨国时尚杂志的封面，不只是中文版，还有英文版、法文版、意大利文版……

步出JR站后，天照见巨型大电视下站了好一大堆人，少说也有几百个。

——他们一定是看我最新的广告。

——不过，人数实在太夸张了吧！

她走进人群里，相信没有人发现广告中的模特儿就在他们身边。

可是，抬头一看，却不是她想的那一回事。

画面里的不是广告，而是新闻片，字幕令人怵目惊心。

铜锣湾的911！

香港网络世界发生大事。网络版的铜锣湾出现恐怖活动，地标时代广场被炸毁，数以万计程序受损，现正抢修中。原因不明。

还有新闻片段——其实已是一小时之前了，勉强算是新的吧。

片段非常精彩，和电影没有两样。多角度，加上夸张的旁述，实在娱乐丰富。百兽扑出的镜头尤其精彩，简直就是高潮大戏。

然而，她看了后不是惊叹，而是给吓倒了。

她见过类似的攻击。

不，她根本身历其境。

在一年多前的黑客行动里，她和同伴攻击网络上著名的狮子银行时，见识过类似百兽扑出的情景。

除了模特儿，天照还有另一个身份：计算机黑客。

那时，她亲身体验的是"百鬼夜行"。

虽然是兽和鬼的分别，但骨子里的攻击手法大同小异，都是很厉害的攻击招数。

"警方还不知道发动攻击的人是什么来历。我们也访问了本地黑客界的人物，他们均表示对此一无所知，但绝对不会容忍外国黑客来港犯案。"

某香港黑客登上了电视画面，当然不是本尊，而只是他的网络替身：一个看来普通不过的年轻男子，衣着是日本街头常见那些——难怪客户常说香港是日本的文化殖民地，海外市场是日本经济翻身的救命符。

"这次攻击行动在香港网络世界的心脏地带发生，等于向本地黑客下战书，我们一定不会坐视不理，而会向他们狠狠反击。"

旁白继续道："至于怎样反击，他们不愿透露，只说请大家等好戏上演。"

——反击？差太远了，省点吧！

天照不是瞧不起香港黑客，她还记得，"百鬼夜行"是连网络银行的防卫系统也挡不掉的招数。

——你们这些本地黑客算是哪根葱？！

天　照　　狮　子　银　行

一年多前。

凌晨两点多，天照坐在计算机前，准备赚人生的第一笔大钱。

方法：打劫网络世界上最大的电子货币交易机构，在英属开曼群岛注册、香港上市的狮子银行。

狮子银行，不设分行，没有柜员机，也从来不刊登广告，却是网络世界里规模最大的银行。其实也不只是在网络世界，如果以其客户量、市值和每日的现金流量计算，早已超越实体世界里的银行，成为全球最大。

只要有网络的地方，狮子银行就能做生意，做交易，无远弗届，无处不在。有人说，当小孩子拿了出生证明后，父母亲接下来就是要给他在狮子银行开户头，好准备他一生的理财计划。狮子银行的财务策划师会提供顾问服务，不另收费。

狮子银行客户之多，分布之广，早已超越国界。金融专家说，狮子银行早晚会推出自己的货币，流通量可轻易超过美元、欧元和人民币的总和，甚至连发行债券也指日可待，相信不论其回报率或风险均胜过美国债券。

所有有志气的黑客，皆以打劫狮子银行为目标，不过，几乎无一成功。

狮子银行拥有传说中世上最稳固的银行保安系统，而设计这套东西的，本身就是最资深、最内行、最厉害的黑客，好以毒攻毒。

据说团队的核心成员里还包括史上最著名——或恶名昭著——的传奇黑客[1]。当然他早已改邪归正，成立自己的网络保安顾问公司MitnickSecurity Consulting。但在上个世纪80年代，他肆意入侵升阳、摩托罗拉、NEC和富士通等大公司的电话或计算机系统，来去自如，成为美国政府眼中最该死的黑客，最后更动员FBI穿州过省来抓他。还有程序设计师Robert T Morris[2]，他设计了历史上第一个网络虫（internet worm），在1988年把全球计算机网络瘫痪了整整两天，人称"病毒之父"……

愈是厉害的保安系统，愈会燃起黑客的战意，为的是要在黑客世界里扬名立万。

今天，就是这么一个大好日子。

天照戴上眼罩和耳机，加上体感系统，把自己完全投身在网络世界里，在虚拟中行走。

狮子银行门外有一片广大的草地，她找了张长椅坐下，欣赏银行圣兽巨大的身影和英姿。

---

[1] 生于1963年，被捕过程可参考下村努（Tsutomu Shimomura）的专书*Takedown*，此乃美籍日裔计算机保安专家本人协助FBI逮捕Kevin Mitnick的经过；此外，还有记者John Markoff的黑客传记*Cyberpunk: Outlaws and Hackers on the Computer Frontier*。
[2] 生于1965年，曾于麻省理工学院任教，钻研人工智能。

每家金融系统都设立了自家的独特防卫系统，甚至圣兽，视之为守护大神。

　　狮子银行的圣兽就是它的标志：圣狮。不是一只，而是一群，大约有二十只——必要时更可分身。它们身躯庞大，跟一架双层巴上的大小相若，令人望而生畏。

　　它们或坐或走，形成一道守护墙，而且固若金汤，没有多少黑客武器可闯过。

　　圣狮体内藏有的反击程序也厉害得很。真要发威时，不必扑出噬人，只要张口即可发射。很多意图打劫的黑客，还没尝到什么甜头，自身已伤痕累累。

　　不过，再厉害的程序，也会有漏洞。

　　天照手边所有黑客程序都准备妥当，整装待发，随时可以启动，只要首领一声令下，发出只有帮众才能参透的暗号，她就会按照计划行动，执行一早分配给自己的任务。

　　参与整个行动的人有多少，没有人说得清。也许有一百人、一千人，甚至一万人，或者，反过来说，也可能只有她一个：这次行动也许就是政府和银行界合作，要找出像她这样有潜在破坏力的网络罪犯，只是一个反黑客的阴谋。就算有可能遭此暗算，她也不会退缩，为了刺激，为了拿到一大笔钱，什么风险也在所不计。况且她已设下了严密的防卫机制来保护自己。

　　她和组织联络的手机并不是她平时使用的手机，而是后备手机，是在欧美流行的"可弃手机"（disposable

mobile phone），也是日本国内的违禁品。她利用门路通过网络上的地下商店购买，在新宿JR站的寄物柜取货。

比起只能拨电话，无法拍照也无法上网的第一代，现在的可弃手机功能可多了，反正价钱便宜，频繁替换也不会肉痛。

最重要的是，它可以保护自己的身份。将白天的她和晚上的她完全分割开来。她不会叫人同时知道她的双重身份。

两个身份唯一连接之处，就是"天照"这名字，既是她的艺名，也是她在网络上行走江湖的化名。

取这名字，在于真正的"天照大神"乃日本神道里地位最崇高的神，一切神话由她展开。

她自然希望自己有一天也会像天照大神一样强大，不论是从事模特儿的工作，还是在黑客世界里。

组织里的上线不知道她在真实世界里的身份。

反过来说，她也不知道他的上线到底是谁，摸不清他的底细。他们本来只是处于类似网络金字塔销售系统里的上下关系，全从利益出发。

网络犯罪组织的结构和恐怖分子没有两样，并不是散兵游勇，而是如细胞分裂、独立运作，办事效率往往比跨国企业还要高，连大学管理系教授也纷纷研究其管理哲学。

她当初是出于好奇才加入，从打劫日本本土的商店开始，参与的行动一次比一次更具规模。

没想到，几个月后，就收到策划打劫狮子银行的通知。

　　还有十二分钟才到约定的时间攻坚。

　　如果打劫的是实体银行，你必须在白天采取行动。如果对象是网络上的商号，则不受此限制。网络公司不打烊，24×7×52不停为顾客服务，甚至不能为了系统维护而暂停服务，这只会表示系统设计出现问题。

　　因此，她不断推测首领为什么要选这天发动攻击，也许因为金融公司本身在进行内部维护工程（当然不会向外张扬），而可能出现极短时间的保安漏洞。

　　网络打劫总比在实体世界行劫来得好来得容易。一切都是数字进行，只是程序的运作，不必荷枪实弹，不怕擦枪走火，不会伤及无辜。你的对手只是防卫程序，你尽力攻击甚至杀光它们也不会有罪恶感。

　　唯一的缺点，在于实体世界的犯罪会出现叫她神往的所谓"斯德哥尔摩症候群"（Stockholm syndrome），也就是电影《热天午后》（*Dog Day Afternoon*）的主题：被挟持的人质对罪犯的理念产生认同，最后竟和罪犯合作，对付警方。

　　你在网络上攻击计算机程序，他们可不会因此对你表示同情。

　　又过了五分钟。

　　她仍没有收到通知，没有电邮，没有短讯，没有其他讯号。

　　"拿了钱后，你打算干什么？"

她身边的一个男人问道，用的是两人之间的私人频道。

这家伙的外形看来不俗，属美男子无疑，但真人也许和网络版相差十万九千里，天晓得！

他是今次分派来和她同一小组的战友。

"还没打算。"她本来不打算回答，但等得有点发闷，"哲学家罗素说过，如果你的人生还没有什么志向，不妨努力赚钱，日后自然会想到。"

美男子点头。

她又道："不过，我也许会开一家店。"

"卖什么？"

"不卖什么，只是助人圆梦，反正我有那么多钱。"她反问，"那你呢？"

他大概没料到她会反客为主，略为迟疑后才答："我家做生意，暂时缺钱，希望这次打劫可以帮补家计。"

她听了不禁扑哧一笑。

"怎么？你不信？"

"你的供词像被告向法官求情，可信度近乎零。"

他听了也不禁莞尔。

"昨天是我生日。"

"这么巧？"她有点怀疑，不过还是说："祝你生日快乐！"

"谢谢。"

这时，邮箱里多了一则讯息。

狮子银行遇劫。

简短而耸动的头条，足以震撼整个世界，而且比地球暖化更贴身，有更大的迫切性。

　　可是，他们明明还没有行动，还没有出手。

　　两人面面相觑。

　　难道，他们被组织遗忘了？她的发达大计竟成为春秋大梦。

　　不，不可能，他们不可能弃用她，她是行动的关键，不，所有人都是关键。这次行动需要动员组织里的每一个人，她不可能是例外。

　　难道他们赶不上整个行动，又或者，他们只是掩护大军行动的小角色？她反复细想，想了又想，一秒又一秒过去了。

　　她想了好多好多可能。

　　"还真不愧是组织，连在这最后关头也摆下一道难题，只有聪明人才能参透。"美男子笑道，"怎么你还没看出来吗？"

　　经他这么提点，她马上如醍醐灌顶，灵光一闪。对，真是大胆啊！也许无法识破这道难题，就无法参与行动。笨的人，根本不会被组织赏识和吸纳。

　　她的嘴角也扬起笑意。

　　没错，这则讯息，就是准备发动攻击的暗号。

　　天照马上精神抖擞，准备和战友向圣狮展开全面攻击。

第二部

日记杀机

我 Lin 旺角

我的意识很快醒觉过来。

全身数以亿计位经过分解、传送后，又重新结合，一一归位。

我离开光栅。

传送需时虽然甚短，大概不足十秒，但我已去到网络旺角，距离铜锣湾很远。如果不用光栅，在网络世界里步行时间少说也要一个小时。主人仍然没有回复。

不过，和他失去联络早已经超过七十二小时，我本来就不存厚望。确定没有人跟踪我后，我走进附近一条小街。

Lin住在这里，她的主人也真的住在现实世界里的旺角。

他们早在我为主人服务前已结识。主人从来没有提及他们如何开始，也没提及她的背景资料，大概是青梅竹马的玩伴。

至于主人为什么在已有女伴的情况下，还要我继续在网络上物色其他异性，他也没有说明。

　　我曾私下拿她和主人做配对，得分只有五十多，难怪，难怪。

　　既然如此，主人为什么还要跟她继续来往？这不符合投资回报，完全是浪费时间。

　　Lin的唯一优势，就是不像刚才见过的女哲学家般理论和怨言多多，比较愿意聆听——不论古今中外，长舌妇永远不受欢迎。

　　当下我不该想太多，我只知道，如果世上只有一个人可信的话，肯定非她莫属。如果我无法从网络世界联络主人，也许可以通过她从现实世界里找到他。

　　不像网络铜锣湾尽是高科技的建筑，网络旺角看来显得比较残旧，比较粗糙，比较混杂，而且和现实世界一样，也是网络黑帮横行的地方。各类在铜锣湾不能见光的广告，在这里比比皆是。

　　我实在不明白为什么会有女子选择住在旺角这龙蛇混杂的地方，更不明白为什么她在网络世界里也要选址旺角为根据地！

　　多么的欠缺想象力。人类还真奇怪，思想完全没有逻辑可言。

　　"三，四。三，四。"

　　"真人示范，完全体验。"

　　"超现实感受，无与伦比。"

　　除了几个常见的小混混在我耳边发出如南无般的口头广告外——否则就不是旺角了——附近一带没有任何异动，看来还算安全。

我经过几条熟悉不过的街道，穿过某幢旧式唐楼的正门，踏过吱吱作响的楼梯，登上二楼。

她家门口也是残破不堪，看不出里面住的竟是个女孩子，也许，这也是一种自我保护的方法，起码看来完全融入网络旺角半正半邪的气氛里。

按铃。

开门。

进去。

Lin的样子也没怎变，不像有些人形软件般几乎每个小时都会换上不同的发型、化妆和服装，我们认识至今她几乎一直没变过外貌，简直是稀有动物。

我有时甚至怀疑她不是连变身程序也不会用，就是根本连变身程序也没有。她家里的陈设也和上次差不多，一成不变。

一门之隔，终于摆脱了旺角的江湖味，回归纯粹少女的空间，一般的少女陈设和玩意一样不少。只是公寓很小很局促，在网络世界里的空间相对现实世界较为宽裕的情况下，她竟这样薄待自己，实在古怪得很。

不过，这些都不是重点。

我还没有坐下，她已劈头问："你有看新闻吗？网络铜锣湾刚刚发生了大爆炸。"

她顺便示意壁挂电视——不是立体电视——她把这老古董跳到新闻频道。

我还以为她会回放刚才的新闻片段，不，不必了，现在有现场直播。

　　各种程序正赶工修复网络铜锣湾，但由于损毁严重，数以万计的住户和商户被破坏，据最新估计，起码要四十八小时才能完成重组。

　　"有网民说，这是铜锣湾的911。"记者旁白补充，"暂时还没有组织承认责任。"

　　刚才的情况仍残存在我的视觉记忆里，历久不散，我犹有余悸道："我才刚从那里过来。"

　　她脸露惊讶之色问："你居然来得及逃出来？"

　　"说来话长，长话短说，这次袭击是冲着我来的。"

　　她不禁失笑，"针对你？开什么玩笑？他为什么要对付你？"

　　"我不知道。"

　　"是不是你疑神疑鬼，或者误会了？"

　　"不太可能。那家伙吊了我走了好远的路，然后就在我回头望他时，他朝我开了一枪，结果就像刚才电视上播的一样。"

　　她变出沙发——老天，还是残旧得不得了——示意我们坐下。

　　"你听我说，冷静听我说。你是何方神圣？有什么值得人家大费周章来攻击？"

　　我很冷静。

　　我不是人类，只是人形软件，主要用逻辑思考，绝少被情绪冲昏头脑。

　　"不是我是何方神圣？我只是人形软件，一点也不重要。我主人才是重要人物。"

"你主人也就不过家里开面档，是个卖面的。"

"对，这才是问题所在。"

"卖面有什么问题？难道有人想要他做面的秘方？"

Lin的脑筋始终不太好，这点当然不能当面告诉她。我不能得失我主人的女朋友。

"我不想解释太多。我只知道，我和主人失去联络已超过七十二小时，无论发多少短讯到他的手机都没回复，可否请你的主人和他联络，叫他找我，或者通知他一声，叫他小心自己在现实世界的人身安全，我怕他会出意外。"

她听了，收起笑容，眉头一皱。

我有不祥之兆。

我虽然是人形软件，也有点直觉。

我会看人家的眉头眼额。

她果然眉头深锁，来来回回踱了几步才道："我怕的是另一件事。"

"什么？"

"我也和我的主人失去联络超过七十二小时。"

我心头一冷，准确的说法，是觉得记忆里的数据乱窜狂奔。

"看来我的推想没错，刚才的袭击真的是冲着我而来。"我不想下这个结论，但最后还是说："我们的主人很有可能已经遇害。"

　　"我们主人做了什么事？"

　　"我不知道，不过，他们绝对不会无缘无故和我们失去联络。"

　　她的脸色马上变得苍白。

　　我原以为来这里可以叫她帮忙，岂料事与愿违。

　　我脑筋急转弯，代入对方的位置，思考下一步行动，很快得出更不堪的结果。

　　"我看我们必须马上离开这里，对方迟早会找上门来。"

　　"可是去哪里？"

　　"什么地方都比这里安全。"我拖她出门口道，"我们两个赤手空拳，别说刚才那么强大的攻击，就算是稍有点武功的黑客，动根手指就可以把我们消灭……放心，我有个朋友可以帮我们度过难关。"

　　我一边走，一边想起主人的日记。看看里面有没有线索。

日　记　　拯　救　老　店

　　我的第一篇日记。

　　要不是为了参加"拯救老店爱作战"这个电视台准备制作的"真人秀实时节目"（reality show），我是不会开笔——不，敲键盘——写日记。

　　有感于本地很多老店虽然实力惊人，卖的是地道不过、饱含本土文化的产品，而且往往只此一家，别无分店，但不少经营者缺乏生意头脑，经营不善，甚至后继无人，只好关门大吉。可惜得很，电视台决定找出这些濒危老店，从计划书里挑出五家，以真人秀的方式讲述其起死回生的故事，为期半年。

　　每个计划书可获电视台及广告客户的一笔基金赞助。

　　最后胜出者可获一百万奖金。（录自电视台的网站，"拯救老店爱作战"宣言。）

　　对我来说，能否胜出，并不重要。重要的是参加真人秀本身，已经可以替来记面家打广告，擦亮招牌，吸引区外食客。

介绍了节目，也要介绍我自己，不，应该先介绍来记面家。

来记面家，位于西环，你乘电车时一定会经过，但却不一定会发现它，因为店面并不起眼，位于一幢五层高唐楼的地面。

如果你细心留意的话，其实不难发现它。西环电车路除了这一段还有密密麻麻的旧式唐楼外，其他地方都已被新盖的高级商业大厦占据。

来记面家的招牌算是新的，旧招牌在几年前刮台风时被卷走。新招牌就像一般茶餐厅般采白底黑字。没风格得很，像老板——也就是我老爸——凡事一派无所谓。

不过，如果你问老街坊的话，就算他们已很久没光顾来记，他们还是可以告诉你来记历史非常悠久，打从他们年轻时就开业。

对于真正开业的年份，他们大概也说不上来。据父亲说，来记面家是二战后不久，爷爷年轻时从广州只身来香港后开的，大概是上世纪50年代初的事。

爷爷不是一开始就有自己的面店，而是先在楼梯底做生意，几年后才租店铺，不是这里，又再等攒了十多年钱后才买下现在的店铺。幸好那时的人还没有炒卖房地产的概念，否则爷爷别说首期，连租金也负担不起。总之，我们家做云吞面已有好几代。我是吃家里的云吞面大的，对云吞面

有深厚的感情。请别见笑。如果你和我一样，家里是做点小生意的话，就会明白我的意思。

我认识一家人做纸扎生意的，也对家族生意投入感情。人家的孩子玩洋娃娃，他们的孩子玩纸扎品，特别是人形的。

　　当然我对云吞面感情深厚。父亲天还没亮就开始工作，是真正的日出而作，日落而息。云吞面，除了自家制的，别家的我都不张口也看不上眼。

　　我也以来记面家为荣——在从前。

　　最近十年，跨国连锁饮食业集团终于乘港铁通车之便进军旧区西环，各式连锁食店如雨后春笋般一家接一家开个不停。两家装修亮丽的面店便索性左右夹击，直接抢走来记面家的食客，蚕食鲸吞我们的生意。

　　来记面家从此生意一落千丈，父亲的自我形象也日渐低落。

　　对一个视云吞面店为自己第二生命的男人，他体内的血气正以高速流走。

　　参加"拯救老店爱作战"，不只希望可以帮来记面家一把，更希望可以拯救父亲。

　　喋喋不休说了这么久，以第一篇日记来说，算是长气得不得了。如果你能坚持看到这里，我深深感谢你，希望你经过西环来记面家时能光临赐教。除非要上课（我还在上大学念工商管理。来记面家虽然只是小生意，说起来还算是家族事业，我期许自己能振兴祖业），我都会留在店里，我家就在楼上。

日　　　记　　　　　　收　　　购

　　首次在网络上发表日记后三天，当我离开大学时，一个面容姣好的女子向我走来，以很有韵律的语气和温柔的声线道：

　　"可以请你喝一杯吗？"

　　"我不喝酒。"

　　"我知道，而且，酒吧没有这么早开门。你也不去连锁食店，对吗？茶餐厅总可以吧！"

　　我点头，向她微笑。果然已对我做了背景和喜好调查。这种邀请，在最近半个月起码有五六次。我只应约了一次，就是这一次。

　　他们吃了闭门羹多次后，终于学乖，派了个美女来。

　　我自问不容易受美人计摆布而变得晕头转向，然而，我才二十岁，美女在不太重要的关节点上，多少还有点效用，我愿意给她机会。我也很有兴趣知道他们会采用什么策略，所以才答应。

　　美女获我首肯后，大概以为自己的美人计得逞，也高兴不已，却不知道我也在试探他们，彼此彼此。

我们坐下来后，她马上递上名片，我接过一看，才发现名片上的标志不同了。

　　她不是地产发展公司的人，而是来自房地产收购公司。

　　我好好端详她的脸孔。

　　确是美女，年纪在三十五岁至四十五岁之间。中间十年的浮动期，是化妆、养颜、护肤、瘦身、美白、羊胎素、肉毒杆菌、整容手术（含磨面、抽脂）等高科技共同打造出来的。

　　全球美容产业的总收入，早已超过医疗业和药业的总和。

　　在如此世风下，我不知道她是大姐姐还是姨姨，不过，在熟女盛行的年代，这点并不重要。

　　现在不只流行姐弟恋，母子恋也不再为世人抗拒。配对公司常说，爱情超越年纪，无分国界，最重要的是心灵沟通。

　　我同意，这样一来，配对公司的生意才能愈做愈大，并且促进全球消费，改善经济，同时也能挽救航空业——在网络世界爱上对方后，总希望可以见面，肉体上的交流暂时无法在网络上进行。

　　大姐姐（我假设）和我点了食物后，她才开口，直入正题，没有转弯抹角，我喜欢。网络世代喜欢直截了当。

"找上你而不是你的父亲，是因为我们相信你是年轻人，比较了解现今世界的潮流和发展趋势。"

"你暗示我父亲是老古董？"我笑着问。

"不，没有这意思。老先生只是专注于本业，没有分心想其他事情，没有留意附近环境的变化。"

"说得好听，你们心里在骂我们父子食古不化。"

"不，绝对没有这意思。你不如听听我自己的故事。我和你一样，家里都有自己的生意。你家卖面，我家卖的是茶叶，同样面对生意樽颈难以经营下去。当年我大学毕业后，也可以坚守祖业，可是我选择把店卖掉。我把钱拿去投资，结果赚了不少钱，让家人不必再守在小店里，可以过较优渥的生活。你父亲没买保险吧？"

"没有。"

我撒了个谎，如果他们调查的话，一定查得出来。

"人操劳了这么多年，身体早就劳损过度，老来毛病特别多。香港的医疗费用一点也不便宜。他还不为自己打算，你做儿子的就要替他想想。"

侍应适时把"常餐"送来，我老实不客气开餐。有时我不免想，什么时候常餐才会从通心粉和吐司等"指定动作"解放出来？

她只点了一杯绿茶，早就准备只讲不吃，而且大话连篇。

"你也许会认为，像我这种投资，听起来好像也是做炒卖，不适合你的脾性。我也给你想了另一种方案，你拿到钱后，并不是从此关门大吉，而只是韬光养晦。等你工作了好几年，积累了人生经验，有自己的想法后，就可以拿这笔钱去重新规划你的人生，找到好的店铺位置后，再请专家设计店面、菜式，请公关公司做市场推广，重出江湖，把招牌重新挂上。"

　　我喝了口奶茶后道："不可能。"

　　"怎会不可能？外国很多食肆都是这样。"

　　"你不是只看了一两本经营食肆的指南，就是在吹牛皮。这种生意算盘在香港根本打不响。这个城市的地产早就给炒卖到不合理的地步。一旦我把店铺卖了，这辈子就休想再买回来。以后我要开店，就一定要支付昂贵的租金，增加经营成本。待我生意稍有起色，续租时业主便提出天价的租金，结果只有连锁饮食集团可以承租经营下去，小本生意根本负担不来。这是小学生也知道的道理。"

　　她闻言后，脸上仍挂着笑容，非常镇定道：

　　"你大概还没有想到我们愿意付出多少钱，所以才会这样说。"

　　她拿出计算器，在上面按了一个数字后，把机器掉转给我看。

　　"我不敢说是一笔很大的钱，也许在你心目中只是小数字，不过，你算算看，你也许工作一辈子也赚不到这么多钱。"

　　我同意，八位数的数目，就算不是美金不是欧罗不是英镑而只是港币，也是一笔大钱。

　　"如果在瑞士银行开投资账户，就算每年回报只有5%——已经是非常保守了——你这辈子可以完全不必上班，更重要的是，不必受气。这年头，做上班族要承受很大的压力。"

　　她说时语气诚恳，我相信是她坐下来后说的最真实的话。她这说客的任务肯定也是压力千钧。

　　不过，我也知道，如果她能说服我，赚到的佣金，可以让她买一打像放在她大腿上的名牌手袋。

　　"你说的我明白，清楚得很。"我点头。

　　"另外也要对你说，我虽然没有苦心保卫我的祖业，但我看过很多外国的个案，他们的经验也许值得你借鉴和参考。很多这种老行业，最终都是要关门大吉。卖云吞面固然不是夕阳行业，但经营手法一定要改革。问题是，一百家店里，只有不到十家可以改革成功，其余九十几家最后都是结业收场。"

　　"我就是要做那十家。"

　　"每个打算拯救老店的人，都要付出十多年的心血，但成功不是必然，还要讲究天时地利人和。很多人投掷了一生的青春，最后还是难逃结业的命运，这是为什么？我不敢断言，但我敢劝你一句，也许你的努力，只是把面家的寿命再延长个十年八载，最后还不是要意兴阑珊离场。"

　　"起码我努力过。"

"证明给谁看？到时发展商未必愿意付出这这么好的价钱。为什么不现在就把这笔大钱存到自己的银行账户里做投资钱滚钱？而且，你为什么非要继承云吞面店不可？这是压力！你也可以有自己的梦想去实践，有自己的事业去追求，拿到钱后，你不必一定要再卖云吞面，你可以开自己的公司做其他生意，像在网络世界里，以面对这个宅世代和宅经济。总之，有了钱，你的想法不再受限制，绝对是，退－步，海，阔，天，空。"

听到这里，我才开始有点动摇。

大姐姐的话，开始有说服力，但与她的美貌无关。

她的说法刺中我心底里某种尚未完全发酵的想法。

我又喝了口奶茶，反复细味她的话。

——这已不只是一个商业决定，而是涉及某种形而上学的范畴。

——人应该拥有自己意志。

就算不用存在主义那个"存在先于本质"的说法，只要想想武侠小说里的

大侠可以不受拘束自由自在闯荡江湖就是了。

——你应该追求自己的梦想，而不是让家族的枷锁加诸身上，默默承受而不自知。

她也喝一口绿茶。

"如果你也有意思的话，我可以替你再争取多一点钱，就当我们是朋友。当然，别告诉我公司。"

有那么一瞬间，我几乎要答应。不过，她这说法也许只是游说策略。

她自有讨价还价的底线。

不过，她说的话有一点绝对不假。收了这笔钱后，面店确是没了，但烦恼也一了百了，很多事情变得轻松起来。

我甚至不必分心参加"拯救老店爱作战"，可以专心学业。

"你不必答应我什么。反正，最后签名的，还是你的父亲。他不会听我们说的话，但绝对会听你的道理。"

我同意，他们非常了解父亲，知道对他无从入手，所以从我这儿子入手去攻坚。如果我还有其他兄弟姐妹，他们绝对会逐个击破，用我们建立包围网来对付父亲。

在大学的领袖学课程的工作坊里，我们操演过这种游说技巧——有同学还打趣说，不过是取材自中国古代的外交手腕"以夷制夷"。对此我没有意见。

没想到，这么快就派上用场——不是我，我是受力的一方。

离开前她说："你什么时候有想法，都可以打手提电话找我，多晚都可以。有时真要待夜阑人静，一个人的时候才会把事情想得清楚。到时候我会开车来接你，找个安静的地方好好谈谈。"

有一瞬间，我几乎以为大姐姐暗示我们可以在收购以外发展不寻常的暧昧关系。

她问我要不要开车送我回店里，我说不用了，不想让父亲看见我和她在一起。我敢写成日记，是因为父亲从不上网。他不是不会，而是不喜欢。网络世界是新世代的象征，和地产发展公司一样，对他来说，都是威胁。

日　　　记　　　■　　　回　　　复

"真高兴你这么快就找我。"

我和"大姐姐"又到了上次见面的那家茶餐厅，坐在几乎是同一位置，也几乎点了同样的食物。

她还是点绿茶，我点的还是常餐，不过通心粉换成了公仔面。

"你和你父亲谈了？"

"还没有。"

她稍一迟疑，才问："要不要我帮忙？或者教你一点策略？"

"这倒不必。"

跟上次见面不同，这次她身上多了香水的芬芳。难道她竟然想以香水攻势对付我？！

我只是大学生，出招不必如此狠辣！

这香水的味道浓烈得很，年轻的女子根本不会喜欢用这个。我凭直觉——谁说男人没有——觉得她少说也比我年长十年以上，而且很可能是"败犬俱乐部"的终生会员。

"真的不必？或者由我直接向你父亲说。"

"不用了。我妈死了十多年，我爸一直清心寡欲，也不受女色引诱。你的美人计对他没效。对我，也许还有点用。"

我笑说，没想到大姐姐竟然脸红。

趁她脸上飞霞未褪，我问："去过镰仓没有？"

她一愣，很快眼睛放亮，"在东京市郊，我去过看大佛。"

"在JR站附近的鹤冈八幡宫，门前有一条很长很宽阔的大道，种了很多樱花树，还有几家老商店，都残旧得很。大部分都没再做生意，这些店门口都竖了牌子，说明是日本政府指定为'国家重要文化遗产'，还附上简介，叙述以前从事什么生意，有些还可以追溯到明治时代，换句话说，已有过百年历史。"

她终于明白我想说什么，也没有打岔。

我继续道："去到日本，看到一些老店，他们都会很光荣地在招牌下说明自己创业于明治，或者大正，并不以老店为耻，或卖掉套利。你有没有看过山崎丰子的小说《花暖帘》？在故事里，大阪商人即使面对火灾，生命再危急，也要把商户的招牌抢救出来。招牌旧了，也不能乱丢，会放在店里供奉。"

"不过是招牌。"

"不，不只是招牌，而是家里几代人的心血，也是文化传承。我们这城市之所以一天比一天变得面目可憎，就是因为我们没有人家的视野和文化沉淀，我们只顾眼前利益，心中只有快钱。走到街上，没有老店，举目所及的全是连锁集团的店铺。他们不是建设这城市，而是消费和消耗这城市，把我们文化里的一切价值全部掏空。除了赚钱，没有其他。"

我站起身来，继续道："其实我只不过想拥有自己的一家云吞面铺，做点小生意。在外国，有自己的店过过老板瘾是很轻松平常，失败是另一回事，但在这城市，却艰难得要紧。我只是想实践自己的梦想，你们却千方百计用尽威逼利诱阻止。"

她也站了起来，"不，我们不会威逼。"

"你是睁大眼讲大话，还是真的不知道？你们这些收购公司就像美国，会用《经济杀手的告白》①里说的招数来对付我们。你是最早派来的经济杀手，只是做说客，说辞漂亮，仿佛全是为我着想。我要是听你的话，就几乎要认你做再生父母。要是我们不答应，你们就打电话去政府部门投诉我们的卫生出问题，要我们无法做生意，甚至指楼宇结构有问题，必须马上搬走。要是我们还是拒绝，你们就会出杀着，叫黑帮出手，放火烧铺，绝不留情。"

她忙摇手，"我们才不会这样，你电视电影看太多了，那些情节都是虚构的。"

---

① *Confessions of an Economic Hit Man*，作者为John Perkins。

人形软件
humanoid software
软件
灵.魂.上.载

　　"是不是虚构，对我来说，一点也不重要。就当是虚构好了，但我的梦想却是真的。你们开的价钱很吸引，但梦想无价，很多人一辈子也没有梦想，所以我绝不会卖掉我的梦想，更不会待价而沽。"

　　我没有向她道别，便头也不回离开了茶餐厅。

　　现在回想，也觉得当时有点冲动。

　　不过，要是重来一次的话，我深信自己还是会说同样的话，做同样的决定。

　　所以，收购的事我已否决。我会努力为来记面家打拼，也会参加"拯救老店爱作战"节目，希望你们会支持。

　　另外，如果我有什么三长两短，不必多说，必和土地发展公司有关。这点毋庸置疑。

我 🕹 唐 楼 🕹 消 失 的 门

————难道就如主人所预言，如今的一切追杀什么的，都是地产发展商或土地发展公司的所为？

我无暇分心推敲黑手到底是谁，逃亡本身已经够忙了。

如果你连命也无法留着，猜出黑手有个屁用？连最小份的安慰奖也没有。

我和Lin离开她家，奔下楼，穿过两条街，迎面而来的又是几个小混混。

"三，四。三，四。"

"真人示范，完全体验。"

"超现实感受，无与伦比。"

我们钻进另一幢唐楼，门口是一列乱七八糟的招牌：毒品、冒牌货、虚拟性爱，还有其他种种违禁品。状况看来比Lin住的还要差，品流还要复杂。

我们不管这些，继续往上走。

"你又说找帮手，怎会带我到这里来？"

"帮手就住在这里。"

"就在这种地方？"

　　对，我也想问你怎会住在这个龙蛇混杂的地区？而且你还是一个女子，实在太不简单了。

　　不过，我决定不岔开话题。我没有那么大好奇心，只想集中精神解决当务之急。登上二楼，楼层居然没有门口，只好再上，头顶的灯光愈见昏黄。连续两层都不见门口，再登上三层，才终于找到一道窄门。

　　打开一看，竟然只容一人通过。

　　门后是一道长长的走廊。

　　穿过走廊，转弯，还是走廊，像永无止境。两边墙上一道门也没有，只有海报，而且还是怀旧海报，上面宣传的产品大部分已在市场上绝迹。

　　我们左转右拐，恍如进入迷宫里。

　　Lin有点不耐烦，"一来到这种地方，我就希望有光栅可以直达门口。"

　　我摇头，"不，这里永远不会有光栅。"

　　"当然，光栅公司不会在私人大厦里设光栅，否则就会耗费资源。"

　　"不是这原因。这迷宫本身就是一个防卫系统，要我们花时间去走，除了检查我们身上有没有可疑的武器之外，也不让我们直接去到目的地。"

　　她恍然大悟地点头。

　　她的见识还真少，我也好不到哪里去，不过，起码比她多懂一点。

　　这时我们也刚好去到迷宫的尽头。

只是，这里并没有门，没有窗口，也没有出路，是绝对的尽头。

　　"现在又是什么花样？隐形门？"她问。

　　我也一脸茫然，"不知道，上次我来时，这里还有一道门，怎么现在居然不见了？"

　　我们可以逃去哪里？

暗　影　　追　踪

暗影早已离开网络铜锣湾。

他才不会呆立在现场。很多黑客自恃本领高强，完成任务后仍然不从速离开，仿佛是等记者来拍照或者等粉丝来索签名，结果束手就擒。

本领再高的黑客，也敌不过人海战术，不是怕来的是什么卧虎藏龙之辈，而是来人数量大，打到身上的花招一多，就算个别的杀伤力不大，也要花上更多时间去摆脱，不容易脱身。

所以，一摆脱了警察后，他马上离开，半步不留。

刻下他在黑池区一个地点停留。

此地是所谓的网络三不管地带，比旺角还要旺角，比新宿更新宿。

网络世界本来就没有太多法治管制，只靠业界和用户自律。在三不管地带里，却连最基本的自律也没有。架构这种三不管地带的网站，不在欧洲、北美及亚洲等任何已发展地区，很有可能是在中非或其他发展中国家，甚至是西兰公国①那种微型国家（micronation）。

　　这里是一切病毒的温床，也是国际犯罪组织交换情报之处。

　　你可以找到各类型违禁品，如制造核弹的方法②，或者如职业杀手的天书 *Hit Man, A Technical Manual for Independent Contractors*③等等，一切在外面找不到的东西，又或是在没有人愿意认领下而成为"公有领域"（public domain）的物品，都有可能在这里找到。

　　这里更是测试新制大杀伤力程序的好地方，也就是类似沙盒（sandbox）的区域，而且还是特大号的。

---

① Sealand，位于英国海岸开外，只是一个废弃的人造建筑物"怒涛塔"，利用国际法的灰色地带于1967年宣告独立。全国人口不足30人，网站在 http://www.sealandgov.org。

② 核弹制法以世界各国谍报能力之强，早已不是秘密。现时制作关键不是制法，而是取得浓缩铀。

③ 据说是由职业杀手执笔。此书涉及1993年一宗三重谋杀案。至1999年，出版社Palandin Press除了向死者家属赔上数百万美元及销毁存货外，更永久终止出版此书。

因此，危机处处。

方圆一里内，根本不见其他人影。

一如令人闻风丧胆的艾滋病是来自非洲，几年前好几个破坏力极强的计算机病毒，据说也是源于非洲的服务器。

暗影回想刚才发生的事，并把"案件重件"，投射在面前的空地上。

幸亏那帮乌合之众回放案发时的影片，让他有机会从其他角度详细观看爆炸时到底发生什么一回事。

在爆炸前0.01秒，他的目标刚好滑进光栅里，不知要去什么地方。

这不打紧，影片是立体的，他转换角度和方向，要看光栅的显示牌上标明的目的地。

可是，换了几个角度，始终看不到。

原来，爆炸的破坏力太强，刚好炸掉显示牌前方的网络空间，阻挡了网络光线的去向。因此无论他怎样变换角度，都始终看不到显示牌。

没关系——他心念一动——想出变通的方法。

他于是检查附近有没有镜子可能反射出显示牌上的数据。

搜寻——

现场发现23块镜子，其中有一半是中国风水里的八卦镜！

——在现实世界里，八卦镜在风水学上据说可以起挡煞作用。先不论其成效到底如何，在讲究数字的网络世界里，到底这还有什么用武之地？而且，经仔细观察后证实，这二十三块镜子，没有一块直接或间接反射到显示牌。

换句话说，于他无助。

他不禁破口大骂。

幸好，他刚收到情报，知道目标的去向。

他马上赶过去，绝不怠慢。

第三部

非人变数

天　照　▲　丧　尸

　　狮子银行被劫的新闻，在短短五分钟内已成为实体和网络媒体上的实时头条。很多在狮子银行开了户头的人，也实时、同时检查自己的账户结余。

　　客户们如惊弓之鸟，纷纷把钱转到其他银行的账户里。

　　为证明资金周转没有问题，狮子银行只好放任客户提款，冻结账户只会引来反效果。

　　黑客组织只是放风声，尚未攻坚，不过，频繁过量的交易已实实在在冲击狮子银行的服务器。

　　伺服器不是没经过压力测试，但交易量不可能有现在这么多，而且，上一次的测试已是大半年前的事。网络发展神速，不过半年时间，已经改朝换代。

　　天照在报上看过访问，指狮子银行的管理团队换了人，市场推广部换了主帅，推出全新的市场策略，吸收了好多新客户。然而，据现况来看，技术层面显然追不上，千多部联机的服务器即使互补，也根本应付不到这么多交易。

天照抬头一看，只见银行交易讯息流的数量瞬间暴涨，几可蔽日。没多久，狮子银行的交易系统——终于，真的——倒了下来。交易讯息流也移动得愈来愈慢，最后几乎就是定格。

黑客组织的行动开始了。

天照也开始执行任务，投入自己的工作里。

她的工作不是直接攻击金融机构，而是利用病毒，向保安系统全力猛攻。

所有保安系统再严密，也会留下一道后门，供保安人员出入——这一道，她倒要好好保留不能乱动，好让骇入金融体系的同僚，用乾坤大转移把金库里的电子货币移到指定账户。

然而，守护银行的狮子，动作并没有慢下来。银行的保安系统，独立于交易系统之外，并不受影响。

狮群不但用身体挡去天照和同党发出的武器，还有余裕还击。

几头狮子施展分身大法，并扑了出来，咬着几个黑客，把他们吞进肚里。

连根骨头也没有吐出来。

天照以为狮群只是体形庞大，实际外强中干，不堪一击，但情况不如预料般乐观。天照等人节节败退，溃不成军，狼狈得很。

只有一个人冲前，就是刚才和天照交谈的美男子。

他拿出长枪，向前发射，一颗子弹却不是射向群狮，而是高空曲坠，射进群狮前面的空地上。

水泥地马上变成沙堆，狮群收住脚步，不敢追来。

不过，还是有几头狮子收不住脚步，掉进沙堆里，岂料沙堆竟是浮沙，狮身逐渐往下沉，无法如何挣扎也无法阻止跌势，最后竟至没顶。

狮群再也不敢冲出来。

天照等一众人暂时算是安全了。

不过，狮群不是善男信女，他们一点取胜的把握也没有。

他们和狮群隔了沙堆，遥遥相对，谁也不敢乱动。

此时，沙堆竟又发生变化。

一个个头颅从沙里冒出，然后是肩头、手臂、躯体、双脚。最后看出竟是人形人样的东西，而且还会动。

原来，狮子掉进沙堆里，竟变成一群又一群丧尸！它们手臂前伸，向狮子银行冲去，数量庞大，像前进的蚁群，足以淹没任何阻挡前路的东西。

群狮没有松懈，不断分身，紧守岗位，准备迎击。

丧尸没有射出武器，似乎是以自己身体为武器，一直向前冲。狮群张口，向丧尸射出的光芒完全无效，也无法阻止丧尸前进。

——简直是奇观！大开眼界！像百鬼夜行，不，说是千鬼万鬼夜行也没错。

天照暗忖，这黑客到底是何方神圣？这种黑客武器强大得惊人，不可能由个人开发，没有人会有这么大的人力物力开发这种近乎军事级的武器。他一定不知是从哪里偷来的。

天照举头找他时，却不见踪影。

狮群和丧尸短兵相接后，根本无法阻挡丧尸的攻击，很快被淹没，动弹不得。丧尸也一样，无法再挺进。

天照马上知道，丧尸其实来自圣狮，内部程序构造应该一样，只是在外形上变化，实力和圣狮应该不相上下。所以，一斗之下，必然两败俱伤。

这招只是以其人之道，还治其人之身，也就是以毒攻毒。不过，到底是什么毒，并不打紧。狮群无法活动，此乃入侵狮子银行的大好良机。天照等人马上大举攻击，踏过沙堆，经过像沉睡不醒的圣狮和丧尸，大摇大摆走进银行里，并释放黑客程序，把狮子银行在过去十分钟内成交但尚未结算的金额，全部调出，准备移走。这一步的数字运算到底是什么一回事，天照并不清楚，她只要掩护同党的行动就是了。

整个调动过程在一分钟内完成。

大军撤退，离开狮子银行时，不料狮群和丧尸竟然又动起来，并连手袭击他们。是时天昏地暗，日月无光，只见鬼影幢幢情况之混乱，叫人不知道实际发生什么事，十足一幅地狱图。

天照只知道在场所有黑客几乎一一遇难。

她呆立当场，被场面吓坏，就算一群丧尸正逐渐在她四周形成包围网，她也根本不知如何是好。包围网愈缩愈小，不是一层两层三层那么简单，而是十几层，她根本找不到出口。

就在她自以为此行必死无疑时，美男子不知怎样走到她身边，用力一挟，发射武器杀退丧尸，终于杀出一条退路，带她冲出重围……

好像就是这个样子。

当时情况之混乱，她根本无法好好记下细节，也不想回忆。

事后，其实不必事后，她当场已知道这次行动惨败得一塌糊涂。

本来，黑客在网络世界里遇难，大不了只是被迫离场，并不会死。可是，这次行动里遇难的黑客，脱机后身体仍然不适，头晕、作呕、做噩梦，需要找医生求助。他们从此无法长时间在网络世界里观看立体图，眼睛的适应力出现了大问题——完全是军事武器的手法。

当然，这一切她是后来才在黑客论坛里得悉。

她并没有告诉大家自己丝毫无损。

——她不想人家知道唯独自己获救，以免惹上不必要的麻烦。

她还知道的是，组织被黑吃黑，一毛钱也没收到。黑客界则流传，狮子银行损失不小，但为保商誉和面子，并没有公布实际损失的金额，否则可能会引起全球金融市场的动荡。

组织称救她的美男子为叛徒，千方百计要捉到他。

可是事隔多月，仍然没有他的下落。

没想到，如今这神秘男子又再现身网络江湖，而且还发动"铜锣湾911"大袭击。

招数表面看来不尽相同，但用的其实都是类似的军用武器，再以一敌百，攻击如大海般澎湃，如烈火般炽热。

像高举"风林火山"大旗的日本武将武田信玄。

铜锣湾911里用的武器已厉害得多，似乎是升级版。

或者那神秘人并不是她见过的美男子，只是偷取了他的武器，或者向同一国家的军部窃取武器——不过，机会不大。

怎说也好，两人肯定有关。

出于好奇——所有黑客最无可勉救的弱点——她不得不调查那人的身世。

她要去香港的网络世界，他们的警察应该有现场的数据，她要偷一份完整的纪录回来。

——如果能找到他，也许就能找到那笔钱。

她摇头，不禁笑自己。

——真是谈何容易！

要取回这么大的一笔钱，绝不是单靠她一个人就能胜任。其实，她只是想找到他本人，见他一面！说出来别人会笑她很天真很傻，也不切实际。

可是，她有她的想法。

那天打劫狮子银行，他黑吃黑后，应尽快离场现场为上策，而不是回过头来救她。

丧尸也向他发动攻击，可见他并没有抗体。

"你为什么要冒险来救我？"她问，惊魂未定。

当时，人形软件还没有面世，来救她的，一定是他本人。

他别过头，好像赶着离开不想回答，可是，最后还是回过头来。

"刚才你说的几句话，不知怎的，我听了好高兴。"

那一刻，那一个画面，那一个场景，深深打动了她。

她做模特儿工作时，见过各类型男人，俊美的男子更见过不少。他们除了懂得名牌，认识时装设计师，知道无数美容和健身方法以外，对其他事根本一无所知。

甚至，连日本首相的名字也不知道——有时也难怪，日本首相也换得太频密太厉害，连她也说不出最近五任首相的名字。

不过，她很清楚，男人的外表不但不可靠，而且是障碍。她觉得，网络世界里人与人的相识，有时不只凭外表，而是相信共处时的感觉。你为什么要相信臭皮囊？再美丽的外表，也会随年华老去，也会消逝，也更要掩饰。

她见过太多女模特被男模特欺骗感情，深情款款的表情下，除了欺骗，别无其他。

虽然她和美男子只在网络世界里共处了几分钟，却爱上了他。

一见钟情，即使遇上的只是网络世界里的他。

她曾经想过在茫茫网海里寻找他，但他没有留下线索。如今终于有点眉目，她不应该浪费天赐良缘。

——不，不可以这样幼稚！

天照摇头。

她是魔神教信徒，身为全世界最大的新兴宗教组织的教徒，膜拜网络为唯一真神，对网络世界的推崇已去到极致，也不会幼稚得以为真的可以爱上一个从来没见过面的男人。

尤其是他们做黑客的，更要深思熟虑，什么美男子，只是外表，只是攻心计，对方说不定是个奇丑无比的男人，甚至是另一个大集团下的棋子。

他救她，一定另有阴谋，只是她还不知道。

——不，事情不会如此复杂。

她叹了一口气，不再想太多，要做的事情很简单：找出他来。

从狮子银行偷出来的那笔钱，她当然也不会不放在眼里。

——起码有十亿吧，不管是美金还是人民币，即使过了这么久，七除八扣，就算只剩下一亿，或者一千万，都不是小数字。

找到他后，再从长计议，为公为私都好。

如果他的外表也是货真价实的美男子，就和他结盟为雌雄大盗，以情侣档闯天下。不然，只好用美人计对付他，这点她对自己很有信心。她好歹是个模特儿，自问还颇有魅力。

爱情太虚无了，还是钱实际。爱情走了只留下遗憾，甚至孩子。钱放在银行账户里起码还有利息可收——即使把钱存在日本银行里只能收到很少利息，甚至没有。

见到他再想办法找出那笔钱。

可以肯定的是，他一定不容易对付。

要找他，就要去香港的网络世界。他在那边留下唯一的线索。

我  演 化

　　"在现实世界，日本的暴力团——即黑道分子——会堂而皇之在商业大厦里设立办公室，在大堂的指示牌里挂名，光明磊落得吓人。他们租下整层，除了无法改动的结构墙外，会彻底改装内部结构，设计成很复杂的迷宫。走廊很长很窄，只能让一人通过，而且天花板也很矮，好叫入侵者无法跑，只能弯身慢慢走，好拖延时间让暴力团准备人马，或者干脆全身而退。

　　"这种设计不是今天才面世，早在日本战国时代已建立类似的防卫系统。天守阁的天花板更低矮得叫武士无法轻易挥刀或者格斗。在京都的二条城，是将军幕府的居所和行政机关所在，保安更是严密：地板的木条装了机关，只要有人踏上来，就会发出叫声，令入侵者无所遁形。"

　　我在一部记录片里看过以上内容，觉得还算有趣，便推荐给主人看。事后他好评不绝之余，也大赞我的品味和他愈来愈接近。

　　我相信刚才经过的长走廊和迷宫，参考过日本人的设计，不过，没想到最后竟然碰到三面墙，没有出口。

　　门凭空消失了。

Lin问："他们搬走了吗？"

"也许吧！毕竟不是正行生意，不可能在大厦门口挂招牌，也不可能贴搬迁启事。要是遇到仇家，还要马上急急脚走路。"

"那我们怎办？"

我一时间也六神无主，我本来是来找救兵，岂料不管是Lin还是身处这幢唐楼里的人似乎都泥菩萨过江自身难保，我的计划全盘破产。

是我自己一人的运气差，还是大家的运气都很差？

然而，事情开始出现变化，不，准确说，是我们身处的环境出现变化。

三面墙不见了，长走廊也不见了。环境慢慢变得黑暗，像是有人在调暗灯光。

我开始怀疑这回是送羊入虎口。

我实在没想到这幢唐楼里的人和刚才攻击我的人是同一伙人，再聪明也不会想到！

不，我转念又想，不对，不对，像有什么地方不一样。

Lin还站在我边，并没有拔腿逃走，但她即将说的话也好不到哪里去。

"我们走吧！"

"我们可以走去哪里？"

"离开这里就是了。"

"你觉得我们可以离开吗？我们的退路已给封死了。"

　　她一时还未会意过来。我只好言明："对方的实力比我们厉害得多了。"

　　"我们的死期到了？"

　　"看来不像。"

　　"何以见得？"

　　"对方看来不是要我们死嘛！我好歹和攻击过我的人交过一次手，不，不算交手，我只是逃走，什么反击也没有。你从电视上也看到，他们一出手就是杀着，但求置我于死地，不顾一切，不计代价，不怕牺牲……牺牲其他人，就知道他们的行事风格就是快和狠，绝不会和你来现在这种搞气氛的调调。"

　　她略一迟疑才道："你说的没错，很合逻辑。可是，如果现在动手的是另一个杀手，情况又如何？杀手不同，谋杀风格自然也不同。"

　　"你说的也很合逻辑。"

　　我同意。是时，我们身处的环境又生变化，不再是一片黑暗，渐渐多了点光亮，但不多。Lin的身体上好几个保安程序同时启动，而且程序之间还出现冲突。

　　她的动作开始放慢。

　　这是反映她内心不安的象征。

　　我安慰她道："别怕死啊，要是我们的主人真的死了，我们活下去也没有意思。"

　　"你说得还真豪迈。"

　　"我主人天性如此，我只是'遗传'得来。"

眼前的景象又再变化，和死亡无关，但大概和宇宙创世有关。

不过，我还是不敢肯定，因为，我所见的，完全不是宇宙大爆炸的模样。

我们站在一片虚空里，这道虚空爆出两股能量，时而一红一蓝，一黑一白，变幻不定，头大身小，头尾互接，不停转动。

说起来也许比较抽象，但模样几乎所有人都看过，以前只限于中国人，现在大概全世界的人都知道是什么。

太极阴阳图。

未几，两股力量开始分裂，两道变四道，四道变八道，八道变十六道。

"易有太极，是生两仪。两仪生四象，四象生八卦。"连Lin也不禁道。

我想的却是另一回事——

电脑概念里的位，也就是我们这些人形软件的最基本结构。不同于人类是由细胞构成，我们是由程序，也就是位，也就是0101这样的正负结构组成。

太阳的两极，和电子世界里的正负何其相似，都是二进制。

2, 4, 8, 16, 32, 64, 128, 256, 512……

眼前的宇宙像快镜似的急速变化，变出星球，却不是无数星球，而只是一个：地球。

我们身处的空间从外层空间一下子飞到地球里，从高处鸟瞰。人类还是赤身露体的原始人，要和动物搏斗，很

快学会生火、冶铁，建立部落、城市、国家，也开始大规模战争。几千年来的生活和节奏都没大变，直到开始制造机器，盖工厂，大量生产，才从量变去到质变。

工业革命是也。

战争规模变得更巨大，更复杂，用上杀伤力愈来愈大的武器，同时，也制造了一个日后足以改变全世界的新型工具：计算机，后来才叫电脑。

我还记得，电脑起初只是用来破解密码的工具，战后数学家们认为，这种要占据整个房间的大机器，全球需求不会超过五部。然而，电脑的体积愈变愈小，功能却日渐强大。

有个青年立下梦想，希望所有人的桌面上都有一部个人计算机。梦想成真之时，他也成了全球首富。

电脑不只放在桌面上，连结成网络后更几乎无处不在。

在立体画面上的人群里，其中一个男人浑身上下便有十多个可以同时上网的工具，让他可自由出入网络世界。

他脸上露出笑容。

然后，他转过身来，注视我们，伸出双手，摊开手掌，各置一粒药丸，一红一蓝。

他身后的人也一下子消失无踪。

"我在电影里见过这场面。"Lin道。

我说："这电影所有人都看过，根本是不可不看的经典。"

"一定要选一颗？会不会两颗都有问题？"

"我们还有选择余地？"我反问。

男人笑道："我只有这两颗，没有第三，暂时还没有发明出来。"

Lin说："可是我没有记下红色和蓝色的意思。"

男人道："没关系，我可以告诉你。蓝色，你去网络世界打造的天堂。红色，你留在真实残酷的人世。"

Lin大惑不解："怎么和我看过的好像不一样？"

男人的笑容仍然灿烂，"当然不一样，这是我们版本的故事。"

我笑问："难道你们怕侵犯版权？"

"在一个讲究大同的世界，没有版权这回事。我们卖的东西不一样，对白自然也有出入。别多说了，红色或者蓝色？"

我伸手要抓蓝药丸时，Lin出手阻止，"我刚刚想起，电影里的主角拿的是红色。"

"我知道，可是，我们的处境不同，要做的选择也不一样。"

我取了蓝色药丸，没有多想，就吞进肚里，准备去网络天堂。

男人一笑，手上马上多了一颗蓝色药丸，询问Lin:"那你要蓝色还是红色？"

Lin看看他，又看看我，"我的选择自然和他一样。"

她迅速拿了颗蓝丸，吞进肚里。

然后，我展开了这辈子最离奇的历程。

暗　　　影　　　　　炸

　　暗影只知目标进了光栅后不知所终，也没有留下线索，幸好他收到情报，知道目标的去向。

　　他马上追赶过去，绝不怠慢。

　　根据线报，去到网络旺角。

　　"三，四。三，四。"

　　"真人示范，完全体验。"

　　"超现实感受，无与伦比。"

　　他无视围绕他身边打广告的阿伯，径自走到那座唐楼前。

　　唐楼看来残旧不已，平平无奇。

　　——目标就在大厦里面。

　　——真是得来全不费功夫。

　　他站在大门前，知道自己快要得手，难免笑了起来。

　　不料，他踏前一步，便举步不前。他感到这唐楼里面的气氛非常古怪，侦测到大量黑客程序，很有恶意。

　　他自忖并不是善男信女，不过，这唐楼无法让他一眼看穿，他不知道里面有什么机关在等着他。

——会不会是陷阱？

不是他不敢冒险，而是不想。他怕中伏，要是身陷其中，根本插翼难飞，无法逃出生天。

明明知道目标就在里面，可是，他却无计可施。

他脑里有两把声音。

其中一个主人说：目标是他的敌人，一定要把他干掉，否则永无宁日。至于原因，暗影不必知道，只管去执行就好了。

另一个主人则道：放手攻击，但不能真的消灭目标。

两把声音，不只大不相同，简直互相冲突。

有时他还真奇怪，到底该听谁的话？不过，他觉得，如果真要尽情攻击，杀个痛快，不可能不真的消灭目标。

他告诉自己，全力以赴，别想太多。

可是，如今目标虽然在唐楼里，他却无法进去。不怕，他还有别的法子。

他走到半条街外的安全距离，岂料此时竟发现十来个女子站在不远处，身上衣料少得出奇，而且不怀好意注视他的一举一动。

他注视了她们一阵，看来不像有什么攻击能力，也不理会。

就在他准备出手时，那群女子身影微动，不消一会竟已飘然而至，围在他身边。

"欲仙欲死，现场一样。"

"超真实感受，不满意不收钱。"

"网络先行，真人在后。"

他不知道她们是什么东西，只知道她们很缠身好麻烦！虽然没多少攻击力，却害他难以出手，而且还引来途人围观，不少还讪笑不已。

暗影不想大好计划被破坏，身子向下一压，双手再向外一推，用一股内力把一众奇奇怪怪的女子弹开，大叫一声："阻我者死！"

他右手一挥，便已多出一把枪来，也没怎瞄，便朝唐楼开了一枪。

掉到地上的女子只见一道寒光自枪口射出，划破长空，冲向唐楼。寒光时红时绿，异常刺眼。内行人一看就知道殊不简单，现场已有好几个人拔腿离开，连拍照也不敢，采取速逃为妙的策略。

然而，寒光并没有直接击中目标。唐楼的外墙忽然给披上一层灰色的蜘蛛网状物，把寒光挡着。那道寒光只在网状物上留下一个小圆点，但这小圆点却像水珠般逐渐散开，从一点变成一滴，从一滴变成一块，从一块变成一摊，愈散愈大，朝上下左右四面八方扩张，最后甚至爬到唐楼的顶楼和其他面向，把整幢唐楼吞噬。红红绿绿的灯光像妖火般一闪一闪，叫唐楼看来像棵圣诞树。

刚才缠绕暗影的女子早已兽散，大街上的人也走得远远。换了是平日，也许还有人会在旁看热闹，可是，刚发生了铜锣湾911，没有人想惹祸上身。

一声爆炸后，唐楼像被一道巨大的力量压顶，从上而下崩塌，消失于无。

走不进去，也要它毁于一旦，以泄心头之愤。

东 亚 之 狼 不 杀

现实世界。

狼和疾风把网络上的画面变成立体影像，投射进室内，重塑网络旺角的一隅。

现实世界里的建筑物倒下后会剩下一堆瓦砾，卷起尘烟；在网络世界却不一样，唐楼消失得无影无踪，仿佛从未存在过。

没有人从唐楼逃出。

就算有，暗影也已布下天罗地网，没有东西能逃出他的法眼他的掌心。

一直监视着暗影的狼看后即破口大骂："他妈的，我们不是只叫他做做样子的吗？不是全力出击啊！"

疾风笑道："他只是全力以赴而已。"

"有什么分别？"

暗影由疾风一手制作，从外表到人工智能，前后花了好几个月时间。狼是老大，只会制订宏观的策略，并不懂太深奥的科技细节。如今，暗影的行动似乎离狼当初订下的计划愈走愈远，不，根本就已经失控。

"我不管他是全力以赴还是全力出击，总之就是不能真的杀掉目标，目标现在还不能死。你怎能给他那么强力的武器？"

"如果要发动攻击，就要有点像样的武器。"

"我说过多少次了，暗影只能佯攻，不是真的消灭目标，你还是不明白吗？"

"我明白，可是，事情不能假得太明显，让人一看就知道这不过是想引蛇出洞。"

狼不想再和疾风争辩。这不是拿捏分寸的问题，而是他知道，无论解释多少次疾风也不会明白。

疾风眉头深锁，像自言自语："可是，不管唐楼里有什么东西，都应该消失在黑洞里了吧！"

刚才暗影释放的是杀伤力强大的武器，可以把一座建筑物里的东西消灭，其彻底程度，连还原也有困难。

狼真想好好揍疾风一顿。

他巴不得马上找个人来取代这个除了黑客技术外其他什么也不懂的家伙。

一个好的搭档，最好跟他一样目光远大，不纠缠于繁琐的细节。

可是，换了一个聪明人，也许只会增加出卖自己的风险。

疾风虽然不太聪明，但起码可以叫狼放心。

可是，如果暗影真是把目标消灭了，狼几个月来的计划和心血，就和那座唐楼般一起烟消云散，又要重新构思另一套计划出来。

幸好，事实并非如此。

我 魔 神 教 蝶 神

我发现自己身处不知名的地方。

刚才从男人手上接过蓝色药丸，一骨碌吞下肚子后，并不像那部电影的主角般看到一个开始扭曲变形的世界，我只觉得身体的程序好像受袭，出现抗体，也出现变化，开始肢解、分裂，变成数以千万计的位。

我知道发生什么一回事，也对此十分熟悉。

这一切，不就是准备进入光栅的前置作业吗？

Lin刚才还抱怨没有光栅直达，没想到这里竟有一道光栅，要送我们去不知名的地方。

我从离开光栅去到目的地时，发现传送时间竟不足五秒。

短时间，可以表示传送技术高超，或者，传送的距离很短，或者两者皆是。我暂时还不知道答案。

Lin也步出光栅，一脸茫然。

我们身处的不再是唐楼，不再是宇宙深处，不再是刚才见过的影片架构的世界里。我身上的位置程序指出，我已经不再身处香港的网络世界里，至于到底是在什么地方，则一点头绪也没有。

　　我环顾四周：全白的房间里一无所有，是真正的全白，没加上任何背景。上不见天花，下不见地板，连墙壁也没有。

　　突然我们前方又开了一道光栅，走出一个人来。

　　他的面容和身体不断变化，时男时女，时老时少，时彩色时黑白。

　　不过，我知道他是谁。他就是我要找的人：蝶神。

　　不断变化的面容里，其中一张是他的脸。我熟悉的那张脸。

　　我向他投诉："上次我来时，要登的楼层没这么多，走廊也没这么长。"

　　她——他刚变成了她——脸上挂了笑意，问："上次见面是什么时候？"

　　"大概一个星期前，不是很久之前。"

　　"我们刚做了升级工程，不是小升级，而是主要升级（major upgrade），从版本11.2提升到12.0。"蝶神张开双臂示意，"工程浩大，也极其复杂。虽然之前已经反复测试了很多次，但到了实际推行，还是有点不稳定。幸好，现在已经解决了大部分问题。"

　　"你这是自讨苦吃。"

　　"不升级不行，现在愈来愈多人要对付我们。"

　　"谁叫你们愈来愈高调。"

　　"我们要做轰轰烈烈的大事，难道你一直以为我们只是小混混。"

"不，你们本领高强，神出鬼没，我原以为你只是隶属本领高强的黑客组织，实在没想到你竟是魔神教的人。"

"魔神教！"一直没有多话的Lin显然吃惊不小。

我问："你没听过？"

Lin答："当然不可能没听过。魔神教信奉人类的未来在网络里，网络早晚会接管人类，把人类送去大同世界。"

我点头，所以在他们的宇宙观里，虚空过后横空出世的两道力量，其实不只代表太极里的阴阳，还代表电子的正负，也就是代表0和1。

蝶神摇头，"你说的不完全正确，这也是大部分人对我教的误解。"

Lin问："误解？"

"我们并不认为网络会接管人类。这种说法暗示网络强行接管，人类并不是心甘情愿。我们的看法并非如此。"

Lin问："你是指人类会自愿被网络接管？"

蝶神没直接回答，反问："人类千古以来追求的是什么？"

Lin沉思了一会才答："这是一个大问题。人模拟我们复杂得多，他们追求的东西也很多。"

我补充道："从高层次来说，不外乎天堂、乌托邦、自由、长生不老，或者俗一点的财富。每个人要的都不一样，但不外如是。"

蝶神点头，"对，答得很好，可是，人类在现实世界里永远无法实践他们的想法，即使他们发展出各种科学分支，用上了好几代科学家做了大量研究，但很多东西仍受制于各种自然界的定律，如物理学或者生物学，根本无法在现实世界实行，除非，他们把整个社会搬到网络上才能打破定律。"

我明白，"像光栅，便只能在网络世界里出现。"

蝶神欣然点头，"人类应该全体移居到网络世界里。"

Lin道："可是网络世界并不是打从一开始宇宙开天辟地就存在，也不是自然，只是由人类打做出来的虚幻世界。"

"这有什么问题？现在人类世界里，有哪一样东西不是由人类打造？人类早就活在由自己打造的世界里，也耗用了大量地球资源。人口愈多，地球环境愈恶劣，世界各国为争夺资源的冲突也愈多，早晚会打一场大仗。"

我更正他，"如果计算网络战争在内，这场仗已经开打了。"

蝶神点头道："就算不往大处看，只着眼个人，你也会发现人在网络上活得比较舒坦自在，更能随心所欲地生活和发挥自己的才能，干一些在现实世界里无法实现的事。现在已经愈来愈多人放弃现实世界，宁愿活在网络世界里。"

我想起主人，还有早前约会的美女，说："不是所有人都抱如此想法，他们会把宝贵的时间花在现实世界上，否则就不会有我们人形软件替他们在网络上工作。"

"你怕自己会失去存在价值吗？当然不会，你只是他的助理，帮助分担而已。人类很快就会觉醒。只有全体人类移居到网络世界，才可以去到理想的乌托邦、大同境界，享用取之不尽的资源，到时不只人类可以超越死亡获得解脱，地球也会一样，变回一个万物欣欣向荣的星球。"

　　我是人形软件，换句话说，脱离了网络，我也无法存活，理应支持他的看法。不过，太偏激的言论，我也无法全盘接受。

　　蝶神的见解，只是"科技崇拜症"病患者一厢情愿的想法，天真地只看到也强调网络世界的美好和光明面，而忽视了网络世界令人沉迷不能自拔，兼邪恶的阴暗面。

　　网络不是真的和平，更不是世界大同的天堂。

　　几乎每一分钟，都有黑客或恐怖分子在网络上发动战争，攻击政府和大企业的网站。虽然在现实世界看不到烽烟，但不代表风平浪静。

　　然而，追随主人多时，我学会凡事往大处看，眼光要放远，尤其是你有求于人时，千万别和他摩擦，否则擦枪走火，吃亏的还是自己。

　　蝶神说了好一番道理后，心中块垒应该所存无几，我若有事相求，他应轻易答应。

　　"贵教对人类未来的高超见解，本人日后还要慢慢领教，到时还请蝶神指点高明——"

　　蝶神没让我说下去，抢道："你这人形软件说话别吞吞吐吐文绉绉，你的主人也是如此吗？真叫人吃不消。都什么时代了，不能有话直说？"

"那我恭敬不如从命好了，刚才我在网络铜锣湾——"

"你遭人追杀，结果那人下重手，把铜锣湾炸成废墟，对吗？"

"你全知道？"

"我教耳目众多，网络上没有多少事情能逃出我们法眼。对付你那人也还有点本领。"

"所以，我才请贵教求助，不知可否替我对付这人？"

蝶神听了，哈哈大笑，"你才不过略略美言数句，便想我教替你出头，还真老实不客气。"

"贵教神通广大，追杀我的那家伙绝对不是你们的敌手。"

"又来了又来了。这家伙来历不明，虽然当下只有他一人，但背后有什么人撑腰，好叫他敢胡作非为，胆大包天，实在难说得很。要是他意欲引我教出击，再发动奇袭，我教岂非中计？而且，我教近日已树敌众多，无意再挑火头招惹麻烦。"

Lin道："你这是见死不救。"

"非也。我们可以提供地方，让你们避避风头。"

我问："就是这里？"

"当然不是。"

Lin道："这里看来好安全啊！"

"这里当然很安全。"蝶神的手指对着我，食指竟然向前延长，几乎有一只手臂那么长，叫人想起长舌鬼，"不安全的是你。"

"我？"

"刚才你们经过长廊时，我检查过你们的身体，发现你体内有一段很古怪的程序代码，不知道写来有什么目的，有什么功能，可疑得很。我到现在仍然参不透。说实话，出于自卫，我大有拒绝你的理由。不过，我念在和你还有点交情，才决定帮忙。"

我听后，只觉胆战心惊。我体内到底有什么连我自己都不知道，甚至连神通广大的魔神教也不知道的东西？我本来的危机尚未解除，如今又多了一重，真是命途多舛！

主人在我身上做过什么手脚？做了什么东西我不知道？有没有骗我？

想不到我竟做了身为人形软件最大逆不道的事：怀疑起主人来！

"我带你们去安全的地方。"

"等等，我有事要先办。"

"等等？你不是赶着逃命的吗？还有什么事来得更重要？"

只有一事我看得比自己的生命更重要。

"我主人，我要知道他的安危。他大概还不知道我在网络世界里遭追杀，我得通知他，好让他在现实世界有防范。不过，我找不到他，而且不单我，连Lin也联络不上她主人。我怕他们遇上不测。"

"大难临头，你还不逃命，仍然以主人为先，还真忠心耿耿。"

"如果你要赞扬我，最好是在我主人面前。你有没有办法联络现实世界里的他？"

　　蝶神听了，竟面有难色，"这点我办不到。不过，你其实不过是想确认他的安危。这另有可行方法。你查过生死注册处没有？"

　　我问："是什么来的？"

　　"像香港这种发达地区，所有人的出生和死亡都要登记，负责的机构就是生死注册处。如果你的主人遭遇不测意外身亡，生死注册处会有记录。"

　　竟然有这种玩意！我问："可以怎样查法？"

　　"给我他的身份证号码。"

　　我依他所言，不消十秒，蝶神已进入生死注册处，顺利取了主人的档案出来，身手之利落，令人惊叹。

　　"老天，还真快！"我不禁道。

　　"我们要经常出入生死注册处，所以早已设立了秘密通道，也许比其他政府部门还要快捷。"蝶神看了档案一眼，问："你确定给我的身份证号码没有错？"

　　"当然没错，我一向购物、交友、拍卖投标用的都是这个。"

　　"这就奇怪得很，"蝶神眉头一皱道，"你主人早就死了。"

　　"死了？"

　　这答案不只出乎我意料之外，简直难以置信。

　　蝶神把档案摊出来，放大，挂在半空，让我看得分明。

　　"身份证号码没错？"

　　"没有。"

　　"名字也没错？"

"正确无误。"

"出生年份？"

"完全正确。"

"死亡年份……"他再三细看道，"老天，竟然是十八年前！你的主人死时才两岁！你这人形软件竟然为死人服务！而且还是个死了十八年的两岁小儿。"

我记忆体里的数据狂窜不已，每一笔都拿出来做内部验证，也无法找出有问题的地方。

主人不可能是个死了十八年的死人！如果他是死人，代表他开的面店是假的，住址是假的，还有我代他的竞投，和结识的女孩子，甚至日记通通都是假的。

他的一生，也就是虚构的。

这不可能，完全不可能。

如果他是假的，我的生存目的为何？

可是，蝶神手上的东西铁证如山。

我久久无法言语。

隔了不知多少时间，我才道："天！我也不知道是什么一回事，我也愈来愈糊涂了。"

第四部

全面变脸

天　照　▣　警　局

　　明明是深夜，可是天幕却是白色。阳光普照得简直超现实。

　　网络世界就是这个样子。永远是白天，永远是好天气，和现实完全脱节。

　　网络玩家会忘却时间的流逝，就像赌场里面永远不会有时钟挂在墙上，好叫赌徒流连忘返。

　　天照穿过光栅来到网络铜锣湾，比起现实世界，网络世界的交通可便利得多了。她本人并没有去过现实世界里的香港。

　　网络铜锣湾仍未修补完成，现场聚集了很多看客，围观时代广场慢慢重建。

　　网络警察早已把现场记录备份下来。他们会把案件拿去哪里分析？别担心，网络新闻提供了答案：港岛区警察总部。

　　她在网络上查过他们的办案程序和手册。她查看地图，位置在十条街以外。她可没心情漫步走过去，便又穿过光栅。

　　警局外，早已站了数百围观的记者和市民。

"我怀疑是沉静多时的什么圣战组织发动的攻势。"

"对，只有他们才拥有如此强大的攻击力。"

"不，我怀疑是上海的黑客攻击我们，毕竟香港和上海是竞争对手。"

"有没有可能是新加坡的黑客？"

"新加坡有黑客？从没听说过。"

"在新加坡做黑客，要不要交罚款？Singapore is a fine city."

几个在一旁的警察哈哈大笑。

天照根据实时传译软件的结果，得悉他们用广东话谈论刚才发生的大事，但谈论内容始终没有多少技术成分，也没有调查方向，就像街上的闲人交换八卦一样，没有营养价值，只是增加网络的讯息流量。

六个人里面，只有两个是真人，其他四个是人形软件，看来，言谈空洞无物的人，其人形软件也一样无聊得很。

天照心想，叫这些不成材的人做警察，能查出什么来？

跟现实世界的警察不同，大部分网络警察都不是政府人员，而是由私人机构雇用，再加上志愿人员，水平良莠不齐，不管是日本，还是香港，甚至美国，都一样。真正有本领的计算机黑客，是不会去做网络警察这种没有挑战性的刻板工作：穿制服、讲纪律、讲制度……黑客是游侠，是独行侠，讨厌一切形式的约束，跟警察在本质上完全冲突。

天照怀疑，这家警局里的保安系统，也许儿戏得很。不过，身为一流的黑客，天照绝对不能轻敌，每次出击，都会施展浑身解数。

　　她从网络上查过，目标房间在三楼。最高、最深的一层。自然也是埋伏最多的一层。不出手则已，一出手就要完成任务，否则打草惊蛇就麻烦了。

　　局长身形肥大，头发斑白，看来像是个稳重的角色。他步出警局门口，记者实时一拥而上。

　　"请问你们有头绪了吗？"

　　"有没有锁定铜锣湾911的调查方向？"

　　"旺角大爆炸和铜锣湾911有关系吗？"

　　局长思考了一阵，才摇手道："一切仍在调查中，无可奉告。"官腔答复一如真正的警方代言人。

　　群众发出一阵嘘声，没有人想到等了这么久，回复就是这么简单的一句。

　　局长心想，他们虽然名为网络警察，但本质上只是一批志愿工作者，根本不是真正的警察，连装备都要由自己张罗。

　　可是，网民可管不了这些，如果你们无法维护网络世界的秩序，还是要挨骂。

　　真是吃力不讨好，自讨苦吃啊！

　　局长又回答了几个提问后，返回警署，对伙记道："这次的对手绝不简单，我们不可松懈。"众人点头。

　　"刚才那家伙是用隐身程序离开现场，我们有没有什么反隐身程序？"

　　"报告长官，我们还不够资金购买专业级的反隐身程序，暂时只下载了一个测试版，可以支撑七日。"

　　"先顶着这七日后再说。"局长道。

　　没有资金，说得好听，只好利用不花钱的方法，尽力而为。说得难听，就是肉随砧板上。

　　"警方是真的无可奉告，还是根本没有对策？"

　　局长转身时，才发现撞到什么。网络世界虽是虚拟，却连现实世界的若干物理定律也一并虚拟过来，你无法穿透前方的障碍物——除非装了黑客程序。

　　他垂下头看，才发现一个女记者被他撞倒地上。局长把她扶起来时，她仍继续连珠发炮："你们根本一点准备也没有，甚至连对方的来历也没搞清楚。"

　　"不，我们知道对方是谁，不过他们实在太厉害。"

　　"那他们是谁？是现时在西方作恶肆虐的极端环保恐怖分子，还是像'动物解放阵线'①那样的组织？或者是像'消灭黄祸'的国际反华集团？"

---

① **Animal Liberation Front**，简称ALF。

"抱歉，无可奉告。"

局长眉头一皱，他在现实世界里也如此。

局长本身真正的职业当然和警察无关，只是兴趣使然，便投考网络警察，虽然不是真正的警察，起码可以过把瘾。他之所以没有在现实社会投考警察，除了无法在体能上应付得来以外，还有另一个更个人的理由。如果弗洛伊德看过他的梦境，必定会发表语重心长兼发人深省的洞见。

女记者见局长的表情很快转为一脸厌恶，便道："看来你手上的情报还不如我的。"

局长一听，便停下脚步，"你有情报？"

女记者点头，脸上得意洋洋"，嘴角带笑。

"独家情报，只此一家，别无分店。"

"告诉我。"

"可以，今天我卖你人情，日后你会好好报答我的，对吗？"

"对。一定好好报答你。"局长连连点头，"我是个讲义气讲信用的人。"

"我可以相告，但事关重大，我怕你的部下已遭敌人渗透或收买，只能告诉你一个人。"

局长听了，也觉有理，便也点头。

"我们进去好好说话。"

局长不自觉让女记者带领自己前进，也没乘搭升降机，只从楼梯登楼。

　　警局的升降机，其实是保安系统的一部分，可以扫描访客的身体架构。

　　——女记者也许并不知道升降机的所在，是以也没有走进去。

　　——不过，这不重要，重要的是她的情报。到底她的情报是什么？

　　两人上到三楼，这里是整个警局保密最严的楼层，防守程序也最多。由于网络警察采用的都不是很专业的程序，保护能力有限，只能覆盖这楼层。

　　几个探员见局长来到，便也点头致意，和真的警察无异。

　　局长准备带女记者进自己的房间时，她道："可否回放铜锣湾911那段画面？我有东西可指给你看。"

　　"图像文件可以吧！"

　　"不行，要现场记忆文件，附上现场资料，单看图像文件看不出门路来。"

　　局长心想，她说的也有道理。单看影像，他们已经看了数十次，什么发现也没有。

　　他带她往另一个房间，支开里面的三个警员。

　　门自动关上后，局长道："我已启动加密程序和隔音屏，我们的谈话内容，外人绝对听不到。"

　　岂料她道："还不够。"

　　"不够？"

　　"还欠我这个。"

女记者轻轻扬手，局长只觉眼前昏花，一阵阵光影迎面而来。

　　现实世界里，一个坐在自己房间里的女子大叹中计，遭黑客暗算，只怪自己百密一疏，没想到对方竟然乔装记者混进来。

　　是的，局长的真身不是男子，而是女子。她知道警队是个唯男性独尊的行业，女性再有本领，再勤奋，做女警还是让外人感到怪怪的，欠缺阴柔。不过，此时她扪心自问，自己真正欠缺的，不是阴柔，而是谋略。

　　她被人从网络世界弹了出来，失去控制。她在网络世界里的幻影不再由自己控制了，成为容易攻击的目标。

　　系统容许十五分钟的缓冲时间，然后才会把她的联系中断，到时她才能重新回到网络世界，回到港岛区警局里。

　　"到底是什么人敢来袭击？胆子还真够大。"
　　"算了吧！反正来过一次，就不会再来了。"
　　"说得也是，铜锣湾已被破坏得非常彻底。"

　　两个探员一边在三楼的门口守卫，一边交换对早前遇袭的"深刻洞见"。

　　此时一个探员步出升降机，问："局长呢？"
　　"在招呼那女记者。"

　　第三个探员点头，走向局长室，敲门后过了一阵，仍
不见回应，门上的红灯也没亮，表示没人在里面。走去会
议室，又发现空无一人。

　　**——难道局长竟带人去最机密的情报室？这不寻常。
怎样也不应该让外人进入整个警署最重要的地方。**

　　情报室门口的红灯也没有亮。

　　他还是打开情报室的门，一看就傻了眼。这里根本不
是情报室，而是娱乐室，有张台球桌和乒乓球桌。

　　——可是，娱乐室应该在二楼才对啊！

　　他打开另一个房间的门，明明是囚室的地方，却变成
了厕所，虽然没有臭气，却难免显得有点妖气。

　　他脑筋一时转不过来，吓得怪叫了好几声。刚才那两
个同僚见状，便即奔走过来，见他吓得说不出话来，一时
也没察觉不对劲的地方。等两人奇怪有什么地方不妥时，
才发现警署里的全部房间都乱了位置，明明在二楼的房间
去了三楼，三楼的去到二楼，而且即使是同一道门，每次
打开，里面都变成不同的房间。他们急忙奔走，告诉其他
伙记，众人无不啧啧称奇，才发现远远不只是房间乱七八
糟的给改了门口如此简单。

　　整个警局最重要的情报室，竟然不见了。

　　他们找遍二楼三楼，打开所有门，也找不到情报室。

　　"真是撞邪！"有个探员自言自语道。

　　"不是撞邪，是计算机病毒。"另一个看来比较英明
的探员道。

"对，是M.C.Escher。"另一人附和。

"是什么来的？"

"M.C.Escher是个荷兰画家，不少作品利用空间做题材，展现在二维空间表现三维空间在视觉上的交错矛盾：有幅画里的水违背地心吸力流动①；另一幅里好几道楼梯首尾相接，变成奇怪的循环②。"

他当即从网络上找出这两幅画来展示，众人这才明白过来，大开眼界。

他继续道："建筑物中了这病毒，就会出现我们眼前这种乱象，别说房间的位置乱了，有时根本无法离开建筑物。"

"那我们怎办？"

天照看着资料镜像高速下载。可是，速度再快，也要二十分钟，难免心急如焚。镜像的大小比她想象中的大得多了。

她散播的Escher病毒虽是最新的加强版，但Escher本身就不是一种杀伤力很大的病毒，只是开开玩笑恶作剧。她估计大厦本身的防病毒程序最快八分钟内就会破解Escher，最迟也不过十五分钟。

---

① 可参考他在维基百科上的条目，作品名称为*Waterfall*。
② 作品名称为*Relativity*。

　　她可以站在一边等档案慢慢下载，可是还没下载完就会束手就擒。较好的方法是把档案先强力压缩一次后再拷过来，但压缩一次也要花上十分钟，档案变小了，但再拷下来也需时八分钟，总耗时十八分钟。这方案也不划算。

　　她把影像重看了两次，确认那个放毒的男人要追踪的目标定是在光栅前那二十来人的其中一个，如此一来，她何必把方圆十条街的镜像拿下来？里面有太多多余资料。不，是否多余暂时言之尚早，但在时间有限下，应该把目标锁定在这二十多人里，只要把他们的数据拷下来就够了。

　　焦急的警察终于找出解决办法。

　　"我刚联络了防毒软件公司，现已开始主动下载对付Escher的解决方案。"

　　"很好，可以省下一点时间。"

　　"可以省多少？才不过一百秒左右，根本没有差别。"

　　"天晓得，很可能这一百秒连两分钟也不到的时间，足以影响破案关键。"

　　天照花了五分钟把镜像切割，锁定要下载的区域，再花九十三秒下载。

　　资料下载中。

尚有十秒。

但她不是一进门就开始切割工作，未必来得及在八分钟时间内把数据取出。

还有五秒。

快了。

四秒。

很快就过去。

三秒。

马上就可以离开。

两秒。

下载完毕。

一秒。

确认完毕。

此时，房门也打开了，几十人冲了进来，将她团团包围。

"局长，你没事吗？"

局长回过头来，一脸困惑，反应有点慢，反问："有什么事吗？"

"本局大楼刚刚中了Escher病毒，我们早先找不到这里，刚刚才解毒完毕，终于找到门口进来。"

局长听了，不禁破口大骂："你们怎么如此大意？要好好守卫才是。如果被人家攻入警局偷东西，我们警方颜面何在？"

　　一众警员连连点头，目送局长离开情报室。

　　局长在局长室前停步，没有推门而进，而是走到楼梯，在阶前回头，向众人道："我要亲身到外面走走看看，你们给我好好看守警局，别出什么乱子！"

　　众人点头领命。

　　副局长即道："马上检查警局各个角落，看有没有什么病毒残存？"

　　"明白。"

　　他指挥各人一一行动。很快，三十多人各就各位，分工合作，或巡查，或扫毒，或回到原本的岗位。

　　副局长见一切看似正常，暂时没事发生，抓了个警员来问："刚才不是说有个女记者的吗？"

　　"什么女记者？"

　　"局长开了记者会后，有个女记者向他耳语，然后两人就走在一起，等我们上来找局长时，警局就中了Escher。"

　　"对，可是不见那女记者离开啊！"

　　副局长道："这中间有古怪，检查出入记录，再对比录像。看看女记者去了什么地方？"

　　"明白。"

　　他安排两人跑去保安管理室。

　　副局长踱步，愈想愈不妥，此时只见升降机打开门来，局长步出，一副灰头土脸的模样。

"怎么这么快又回来了？"

局长听了，尴尬回答："不算快吧！"

"你没事吧！"

"没有。"

"你刚去了哪里？"

"没去什么地方。"局长没有正视他，反问，"你又去了什么地方？"

副局长只觉局长闪闪缩缩，顾左右而言他，古怪得很，心念一动，便问：

"你刚才进情报室干什么？"

局长听了，连连摇头，"我没进情报室。"

副局长听了，便知出事，又问："我们刚才中的是什么病毒？"

局长反问："我们中了病毒吗？"

——真的中计！

副局长又问："你刚才离开了警局大概二十分钟左右，对不对？"

局长点头："对。我刚回来。"

他才不愿意坦白招认自己被弹出网络世界，实在颜面何存！

"糟了！糟得不得了。"副局长怪叫。

"什么事？"局长急忙追问，显然发生了大事。

副局长呆了几秒，回复镇定后才道："你离开后，和你一起来的记者变成你的模样，在情报室里不知做了什么，然后在我们面前堂而皇之大摇大摆从正门离开。"

我  地 狱

　　刚才蝶神从生死注册处窃取档案，指出我主人早在十八年前已死去，但我仍然无法接受。

　　"一定在什么地方弄错了。"

　　"这我可不知道。我只知道的是，现在我们身处的空间不可能无止境开放，必须尽快关上。就如我刚才所说，请两位稍移玉步，我带你们到安全的地方。到时你可慢慢推敲真相。"

　　地方是他的，安全也由他提供，我不得不同意。于是，我们随他下"地狱"。

　　虽名为地狱，却不见刀山火海，也不见妖怪恶魔，不过是个大房间，什么也没有。

　　我问蝶神："这里就是安全的地方？"

　　"放心，我教称这里为'地狱'。"

　　"地狱？"我和Lin同时叫出来。

　　"这里和外界绝对隔绝，没有人可以窥探，也无法渗透，同样你在这里也无法上网，对于习惯跟网络连结的人来说，绝对是折磨，比在地狱更难受。"蝶神双手一拍，其中一面墙便变成书架。

"你不是来受罪的，所以，我送你这个吧！"

　　"别让这书架古老的外表骗过，它可是一座小型图书馆，你们要什么书都可找到。"

　　Lin问："还可不可以变其他什么东西出来？"

　　蝶神摇头。

　　"你别太贪心了。地狱空间有限。它占据的内存愈小，才愈难被发现，你们才愈安全。你们是来避难的吧！稍后关上门后，外面的人无论如何也无法攻进来，反过来说，你们也无法离开，你们和网络世界完全隔绝。"

　　我马上往前想多一步，问："要怎样才能离开？"

　　"我就要说了。能够开启地狱之门的，只有这把金钥匙，我把它交给你。你好好保管。记着，我没有金钥匙，所以也无法开门，你们在这里绝对安全。"

　　"我们什么时候可以出来？"Lin问。

　　"你们自己决定，我怎会晓得？"

　　"你不觉得有问题吗？"Lin问我，"我们被关在这里，根本不知道外间发生什么事，你起码应该让我们看电视。"

　　"电视也是一个管道，可以让外来攻击者利用。"我不想麻烦蝶神，便解释给她听。

　　"如果无法看电视，那么如有什么消息，他很应该马上通知我们，而不是留我们在这里后就置之不理。"

　　我没好气道："你大概还不知道我们的情况有多危险，我们的敌人有多厉害。如果他可以变身的话，就可以装成蝶神的样子，再加上金钥匙，我们就无处可逃。"

　　经我这么一说，Lin才好不情愿点头。

蝶神道："完全正确。我也不必再费唇舌解释。没有疑问的话，我就把门关上了。"

我点头。

蝶神的身影消失后，地狱唯一一道门——不妨称之为地狱之门——也随即关上，然后完全消失，真是名副其实的"门都没有"。

我们和外面的世界完全隔绝。

终于可静下来好好思考主人的事，无后顾之忧。

"你是怎样结识这家伙的？"Lin问。

"我忘了。"

"不太可能。"

当然不可能忘记，不过，我可不能告诉她，我和蝶神是在两星期前结识的，当时他以女性的外表出现。

把我们连上的是配对公司，蝶神出来后，即表示乔装是为了吸纳志同道合之士。用这种方式约会，大有欺诈之嫌。有些人会对此很反感，我则无所谓。我和主人一样，都喜欢结识有趣的人，或奇能异士。

当时我以为他只是代表黑客组织，怎会想到就是魔神教！

然而，也幸亏他是魔神教的人，才愿意冒险出手相助。

魔神教教徒信奉的哲学，超越"四海之内皆兄弟"的字面解释。他们认为，人类终有一天会去到世界大同的境界，照他们的解释，就是所有人类会结成一个个体，到时也就是肉体的消逝，也就是真正的无分彼此，没有你我之分。

蝶神出手相助，只是想实践其宗教理念。再加上，我还没入教，他当然希望我会记得其大恩大德，并因此参与魔神教的大军，为数字理想乌托邦一起努力。魔神教并不是真的热心助人，只是放长线钓大鱼，希望日后在下会投桃报李。这是一种投资，期望潜在回报。

　　Lin见我没回答，便转问："你说这里是真的安全，完全密不透风吗？"

　　"应该可值得信赖吧！他们也不是善男信女，刚才你不是亲眼见识过他们的本领吗？"

　　"算是看过，长了见识。不过，我是外行，根本不知道他们的本领到底如何？"

　　"别想太多了，我们也没有其他去路。"

　　Lin不像我，自逃亡以来，似乎没怎么想过她主人的安危，忠诚度还蛮低的，难道是我的忠诚度特别高？我只知道，要是我是她主人，知道自己的人形软件竟然把我忘得一干二净，一定大失所望。

　　说回我主人，他怎可能在十八年前已死去？而且还是个小儿！那和我相处的是什么人？

　　我记忆里的东西不可能全是虚构的，因捏造这些数据的工程未免太浩大了点，中间一定错漏百出，矛盾重重。

　　我心念一动，道："不，我觉得我主人并没有死了那么久，他可能只是采取自我保护的策略。"

　　Lin问："自我保护？"

　　"对，他要保护自己在现实世界的真正身份，所以只是偷了一个死人的身份证号码，以方便行事。"

天 照  飓 风

　　天照刚才变身局长，在顺利骗过众人后施然离开警局。她随即启动隐身程式，再加上变身程序，幻化成另一个模样才钻进光栅里。

　　光栅并不会理通过的人是否隐形，一样会把记录留下，只是用隐形的方式穿过光栅其实更容易惹人怀疑。

　　她仔细检查镜像里的数据，由于早经切割，档案的容量已大大缩小，要分析的资料也已少得多了。

　　她很快发现，发动袭击的家伙，并不是真有其人。

　　他是人形软件，更是没有出厂编号的人形软件。

　　人形软件编号可以抹掉，这是很多黑客的习惯；可是，连厂家资料也没有，就极不寻常。如此一来，他就无法启动自动升级系统，对自己大大不利。

　　她决定用RE来仔细分析他的背景。

　　所谓RE，就是reverse engineering，逆向工程，其中一种做法就是把一件产品逐层拆解，了解其结构和运作原理。天照做的是难度更高的拆解：拿镜像里的记录去分拆。她利用逆向工程调查那人形软件的身世后，发现他竟是个飓风级的人形软件，当即吃了一惊。

飓风级人形软件是最高阶的人形软件，这并不是指它拥有最强的黑客程式，又或是说它最具杀伤力，而是它具备最先进的人工智能技术，目前尚未进入测试阶段，还在内部研发。

　　原因，不是不够成熟，而是太成熟。

　　至于到底有多成熟，天照并不清楚。

　　据说，飓风级人形软件能通过"图林测试"（Turing Test）：两个房间里，一个是真人，另一个是人形软件，而你在外面分别和他们交谈，结果你始终无法分辨哪一个是人，哪一个是人形软件。

　　换句话说，飓风级人形软件的智力，几乎和人类相若。不少先进国家因此严禁研究飓风级人形软件，生怕这个高科技产品会变成潘多拉的盒子，为人类和世界带来灾难。结果，飓风级人形软件的程序代码像坐牢般给死锁在实验室的脱机计算机硬盘里，彻底封存。

　　有些科学家把拷贝拿到发展中国家研究，换来可怕下场：遭神秘杀手枪杀，头部在极短时间连中两枪毙命。

　　阴谋论者说，这是CIA惯常的行刑手法。

　　救她的美男子，是怎样把这套东西弄到手？肯定是偷来的，他本领高强，应该难不倒他。那他为什么要发动铜锣湾911那么既猛烈又大规模的袭击？那里不是金融区啊！是不是他自己又被人黑吃黑偷了钱？

　　从影片上来看，他确是在追杀某个人。

　　可是，有一点很奇怪，如果你要追杀目标，那为什么要选择在网络世界里追杀对方？这根本无法伤害对方分毫！

——除非，用的是上次在打劫狮子银行里见识过的军事武器！

不过，还是不对，场合不一样。

那个被追杀的目标，是破案关键。

在天照用同样的RE方法分析之下，发现那个被追杀的目标，同是人形软件，而且也是个飓风级人形软件！现场居然有不止一个，而是两个飓风级人形软件，这已经是奇闻，而其中一个竟然在追杀另外一个，就更是奇上加奇。

实在不寻常得很。

人形软件追杀人形软件，目的何在？

就算是"黑吃黑"要报仇，但消灭了仇家的人形软件，对其本人的血肉之躯也丝毫无损。

人形软件追杀另一个人形软件，到底有什么犯罪动机？

她怎也想不出来。

她钻研两个人形软件内存里的数据，看看能否找到其主人的线索。

结果……

第一个人形软件——发动铜锣湾911的猎人——的内存里只有一组组指令，没有主人的背景资料。

在第二个人形软件——被追捕的猎物——的内存里，内容就丰富多了，多得几乎看不完，部分还经加密处理，似乎特别重要。

身为黑客，天照决定相信本能：率先处理加密数据——只有重要的数据才会有此待遇。过程不是一帆风顺，她用了好几个黑客程序，才把数据顺利解密。

是日记。

如无意外，就是猎物主人的日记，似乎是从网络下载而来。

一共有三十多篇，全部以中文书写。

她只认得几个汉字，不足以看通全文。幸好，翻译软件多的是。

弹指之间，中文已转成日文。

受人工智能所限，语法和句子结构还是怪怪的，但要看通前文后理并不困难。没有时间细看，用速读法一看之下，天照这才大吃一惊。

说的都是生活琐事，其中几篇有特定主题，似乎可以连起来看：这个人为了拯救家族的面店，正头痛不已。参加电视台的真人秀节目，拒绝地产商后，收购商又派人游说，他也一口拒绝，执意继续经营家族业务。

"我家做生意，暂时缺钱，希望这次打劫可以帮补家计。"

她以为这只是戏言，只是借口，没想到是真的。

宁志健就是狮子银行里救她一命，也是在最后来一手"黑吃黑"的黑客。

她以为他是个狠角色，没想到实情看来并非如此。

现实看来和她原本的想法大有出入。

她用"来记面家"做关键词，希望找出更多情报。岂料，居然搜寻到超过一千个结果，而且，还上过多份报章头条。

No news is good news…上头条，不是好事，就是坏事。来记怎会上头条？

她把报章翻成日文，看了一遍，又一遍。

不太可能吧！

又找了另一报章来看。

不得不接受。

再找第三份、第四份、第五份……

综合起来，就是：

1. 来记面家少东宁志健有感于自家面店生意不佳，打算参加"拯救老店爱作战"电视节目扭转败局。唯因面店位于旧区西环，发展商屡屡出高价收地，但遭两父子拒绝。

2. 双方谈不拢后不久，宁志健因神秘事件撞车意外身亡，原因至今未明。

3. 他生前在网上发表日记，中文网址是"来记面家·香港"，或者用英文就是www.lknoodle.com.hk。

他居然死了！

在二十岁之龄！

天照没想到会这样。

她以前不相信他真的要拯救他的面店，但相信他黑吃黑偷来的钱应该袋袋平安。显然她两样都错了。

可是，她也难免好奇，一个面店少东，怎会成为黑客？但这其实又有什么好奇怪？她自己身为模特儿，还不是一样成为黑客。她记得有个黑客前辈说过，黑客不是职业，而是一种属性，是天生的，不论你做什么职业，都有可能成为黑客。

可是，他为什么在打劫狮子银行时要黑吃黑？这太不合常理。

要把好一大笔来历不明的钱漂白变成合法，不难。只要你有钱，网络上什么事都可以解决，包括洗钱。可是，完成劫案后，黑客组织本来就会把赃款瓜分，犯不着黑吃黑啊！

她想起刚才看过的其中一篇日记。她挑出来又重看了一遍，终于发现端倪。

日　　记　　试　　食

趁面送来前，我仔细好好端详这家面店。装潢实在不错。虽然只是简简单单卖面的，但连锁经销商还是掷了大钱花了心思，把内部装修得像古代驿站附近的小食店——这种东西一定有个专有名词，但我不熟悉历史，也因此说不出来。

装修不错是轻易过关，但面店的本业还是面，其他全部都是配菜。现在的经营手法多是配菜锋头胜过主菜的邪魔外道，卖弄花拳绣腿多于真材实学。

我期待面条这主角登场。

侍应捧着一碗碗冒着热气的云吞面走来走去，却始终没看我一眼。食客太多，简直供不应求——来记面家什么时候才有如此光景？

良久，眼中射出光茫的侍应和我交换眼神后，毕直向我走来。

是时候了。是我的了。

他放下云吞面后，我并不急于品尝，而是先闻闻面汤的味道。

日本荞麦面以汤底闻名，各地的味道也不相同，形成不同的风格，其实，中国面也一样，不过着力点却在面条外形的变化上，如山西刀削面、杭州猫耳朵、四川担担面、北京拨鱼儿[①]、山东伊府面……千变万化，汤底不是不重要，但相比之下，已变成次要。

　　好的云吞面汤底，没有枧水味，只是基本功，怎样用汤水强化面的爽道和虾的鲜味，才是王道。

　　我对连锁面店的产品没抱多大期望，不过是制式化、机械化、样板化，流水作业……不必说，根本谈不上用心制作。

　　仿似仪式般对眼前的云吞面参详一阵后，我终于动筷。

　　只有父亲亲手打造的云吞面，才值得我顶礼膜拜。

　　不过，喝了一口汤水，尝了一点面条，吃了一只云吞后，我的想法改变了。

　　我一直以为，连锁面店的面没有风格，只是靠市场营销的手法和庞大的资金来赶绝独立的小商户，抢去市场占有率……可是，吃了一口后，我的想法改变了。

　　面的质地就和老爸手打的一样，云吞也不错，味道绝对不比老爸亲手做的差。

　　我的世界彻底崩溃。

---

①　又称"剔尖"。

　　那，老爸的小面店还有什么竞争力？还有什么板斧可以变出来？难道从此我们就完成历史任务走进尘埃里？

　　身为有五十多年历史的来记面家第三代传人，这些问题不可说不困扰我。

　　父亲一如爷爷，坚持天还未亮就起床，亲手打造竹升面，不光顾面厂，汤底也是用大地鱼去熬，不加味精，一切亲力亲为，用心去做……可是，来记面家来到今天，别说无法吸引人家从其他地方慕名而来，就是有街坊支持已经很不错了。每天上门的客人不超过百位，要不是这店是爷爷买下来是自家的，单靠这微薄的生意根本不能应付租金。

　　我一直向大学同学推销来记的云吞面，昨天趁我的生日，邀了他们来品尝，他们大力赞好，都说来记缺乏的只是宣传。他们老一辈只知道默默耕耘，没想过怎样推广，更没考虑市场策略，也不讲究门面包装。我没告诉他们，老店上次装修时，我还没有出生……

　　除了其中一个力排众议，大泼冷水道：根本是普通不过的面，到处都可以吃到。

　　"不信的话，还可以来个blind test，放一碗来记，和一碗别家的，我敢保证你蒙上眼睛后根本说不出有什么分别！不，你一定会以为好吃的那碗是你们做的，但其实是钊记的。"

他还没说完，已给众人抬走。

我不信他的话。他的话是假的，我一点也不在乎。不过，如果他的话是真的……不，根本不可能。

怎说也好，今天，我就到外面试食。

老爸当然不知道。

我不能让他知道我对他的手艺有半点疑心。

本来，我也有我的如意算盘。拥有一家面店，总比什么都没有好，也比由自己重新建立的强得多。

我知道，你会说，不过是一家面店，没什么大不了。可是，来记面家已有超过半世纪历史，再过几十年，就是百年老店，只要经营得宜，就可以像日本那边的老店，在招牌上写下创于昭和或大正多少多少年的字眼。店铺是"国家重要文化遗产"，面本身就是无形的非物质文化遗产。

不过，大前提是，来记面家能撑过未来这几十年艰难时间。我是不是太一厢情愿，把事情想得太简单了？

也许，收购公司的小姐说得对，把钱收下了，以后的日子会轻松得多。

吃完云吞面后，我默默离开。

天　　照　　　推　算

　　天照发现，解释黑吃黑的唯一线索，在日期。

　　翻查记录，宁志健去试食的当天，和打劫狮子银行的日子，大约是在他生日前后。可以推算，那几天他还没有冷静下来。

　　所以，他才会对天照说："刚才你说的几句话，不知怎的，我听了好高兴。"

　　他很可能是怀着怒气去打劫，在重重压力下失去理智，一时冲动做出黑吃黑的行动。又或者，黑吃黑只是表象，其实他是想同时破坏网络世界和现实世界的秩序。就像一般恐怖分子的想法，就算自己没有什么得益，也唯恐天下不乱，非要鸡犬不宁不可。也像发动自杀式袭击的死士，很多行动，根本是损己损人，两败俱伤。不过，宁志健大概没想到自己最后竟然遇上意外身亡。

　　不，她脑里有另一个想法：他不是死于意外那么简单。

拿了钱后就死掉,太巧了吧!

直觉告诉她:他是死于谋杀。出手的,不是黑客集团,就是地产发展商。

虽然还没有证据,但八九不离十。

等等,冷静一下,她觉得这日记有古怪。

"拯救老店爱作战"这电视节目她没看过,但不知道在什么地方听说过,对了,她在杂志上看过相关报道。这节目找了日本文化保育专家担任评审,当时还刊登了他和香港食神蔡澜的合照。

少说也是半年前的事了。可是,日记上的日期,怎么只是三个月前而已?

这中间有古怪。

而且,如果他死了,他的人形软件从何而来?

如果她没记错,人形软件这项技术,要在他死后才广泛流通!

绝不可能是他的灵魂给自己订造一个人形软件。

未免太诡异了吧!

她产生新的想法,新的结论。

一个接一个,一个推翻一个。她的大脑已很久没有如此高速运转。

继续运转,直到她从即弃手机收到另一则网络新闻。

网络旺角发生大爆炸。

她马上收看电视新闻。

十五分钟后，才见相关新闻报道，但没有录像。

不像网络铜锣湾有录像，旺角是三教九流之地，录像等于留下证据，妨碍黑帮做生意，是以根本没有相关设施。

今天不会有，十年后也不会有。

记者访问街坊，他们没有多说，只称一声爆炸后，整幢唐楼就不见了。

画面上，是唐楼的档案，和数据库里的图像文件。那幢唐楼，虽然她没去过，却有点面善。

如此残破，在网络世界，实在少见，是以印象特别深刻。

到底在什么地方见过？她真的忘记了，只记得外表残旧，里面却绝不简单，内外有很大反差。她翻查手边的数据，没花多少时间就找出答案。

是魔神教的地区陀口。

这个可好办得很。

此外，另外还有一点，她还不完全看得清看得透，只是开始怀疑。

有一个更巨大的阴谋在酝酿中，会不会对方设置了一个非常巨大而且美味可口的诱饵，正等她踏进去？她目前看到的一切，都是假象，都是骗局？

然而，明知如此，不入虎穴，焉得虎子？

她得冒这个险。

她马上戴上网络眼镜，让计算机仿真影像彻底包围自己，并再回到网络世界里的香港。

这次是直奔网络旺角。她要亲自找出真相。

如果来记面家能起死回生，她很乐意去吃一碗。

她也可以去见他一面。那也许是一个爱情故事的开始。

一个跨越国界的爱情故事，在网络上相遇，在现实里延续。这类故事已不新鲜，但她一直希望可以成为女主角，而不是只是在广告里当无名的女主角。

不，广告里的主角不是她。主角是客户店里的各类型产品，她只是配角。

产品旁边有价码，她没有。她连挂个价码的资格也没有。所以，她要做自己故事里的主角，她要为自己说故事，而不是让广告公司为自己导演。

可是，以她为主角的故事还没来得及上演，已经要落幕。

不，不，不，拜网络之助，这故事还没有完结。

她要设法延续这个故事。

我　　地　狱　开　门

"我不知道。我主人也许为了保护自己，所以盗取别
人的身份，利用一个死人的身份证号码，日记还是他写的
没错。"

"盗取别人身份，是大罪，你主人怎会这样做？"

"一定有原因。"

"到底是什么？"

"我还不知道。如果能离开地狱的话，我也许就可以
找出答案。"

"那你还留在这里干什么？"

"外面危险啊！"

"可是你又说关心主人安危。"

"没错，可是……你怎能叫我出去？"

"这里很闷啊！我们总不能在此等到天长地久海枯石
烂，我们还要等到什么时候？"

"我也没答案啊！在还没有什么头绪前，我们最好按
兵不动，现时情况比我想象中复杂得多。对了，你的记忆
里有没有我主人的数据？"

她一听，竟然变得很有戒心，"你想做什么？"

"对比你我记忆体内存里我主人的数据，希望可找到更多真相。"

"不用了。"

"为什么？"

"你过来，我告诉你。"

她向我招手，不过，我没有走近。

我觉得她好古怪。

我早就觉得她古怪了。

以她和主人的交情，为什么她从没在日记里出现？仿佛她从未出现在主人的世界里。

日记和她，其中一样在扯谎。

可是，日记里有太多事情假不了，我可以一一查证。

她向我笑道："你怎么反而走远了？你怕我把你吃掉？"

"你怎可能吃掉我？"

我还没说完，她身步已抢前，手掌向我胸口袭来，活脱就是武侠电影里的偷袭手法。

我挥手相格，把她的来势挡去，不料她竟举起左脚，直往我面门踢来。

我右手还没来得及反应，脸上已感到一阵不寻常的热力。

我一时只料她不过和我闹着玩，但她却认真无比，我中腿后，她的攻势并没有停下来，连环出招，叫我喘不过气来。

"停手，到底是什么一回事？"我叫道，虽然我知道她根本无意罢手。

事实也真是如此。

换了是平时，如果我们身上皆有黑客程序，攻击就不是这个样子，而是飞剑穿墙，掌光处处，活脱就是以前的武侠特技片，如《风云》。除去黑客程序后，就是拳脚功夫片，只能靠肢体上的攻击和防守，如李小龙的电影或《卧虎藏龙》。

拳来脚往一轮后，她终于停手。只因，她已从我身上取去一样非常重要的东西：金钥匙。

我后悔没好好把金钥匙吸进体内，如此一来，便安全得多。

可是，我又怎会想到她会背叛我？

"你果然不简单。"我道。

"这当然，不然我怎会一直在你身边。"

她把金钥匙一挥，凭空就开了一个长方形出来，也是一道门，通往外面。

"要找你的人，很快就会来到。"

"到底是谁？发动铜锣湾911那家伙？"

"到时你就会知道。放心，不会等到天长地久。"

我不禁失笑，"你是不是不想等太久，所以才出卖我？"

"不，我打从一开始就出卖你。"

她守住门口，我无法冲过去。

时间一分一秒过去。

要追捕我的人，很快就会来到。

没几，一个身影从门口冒出，很是陌生。

我没想到，她原来竟然是女子，相貌还相当不俗，应该是我主人喜欢的类型——即使在这危急关头，我还是关心主人的福祉。

　　可是，神秘女子不但出乎我意料之外，连Lin似乎也感意外。

　　"你到底是谁？"她急问。

　　"我是正义的朋友啊！"那女子笑道。

　　她双手一扬，一片片如雪花的光芒从掌心射出，快速射进Lin体内。

　　Lin举手相挡，这姿势静止不动，仿佛她已凝固成雪人。

　　"你还在等什么，快走！"神秘女子向我喝道。

　　虽然还不知道她是谁，但根据逻辑，敌人的敌人，很有可能就是朋友。

　　就像-1×-1＝+1。负负得正嘛！

　　但我还是说："我为什么要相信你？"

　　她脸色马上大变，"你可知道我花了多少时间来追查你？我出入警局偷取数据，既要变形又要隐形……最后我以魔神教教徒身份让蝶神验明正身后，他才肯把门口告诉我。历尽千辛万苦，熬夜整晚没睡，你可知道这样对女人的容颜是多大的损害？"

　　"抱歉，我不知道。"

　　"你可以不知道，也可以不信，留在原地等暗影过来。"

　　"暗影？"

　　"暗影就是追捕你和发动铜锣湾911的家伙，他大概已收到Lin通风报信，正不知从什么地方赶过来。"

　　我不知道她是谁，不过，暗影肯定是更可怕的家伙。

　　我抢出地狱之门，外面是繁华的大街。根据指示牌，最近的光栅大概在两条街以外。

　　就在我准备向光栅举步时，神秘女子抓着我的衣领，骂道："你想送死？有脑没有？暗影正从那边赶过来。"

　　有道理。我们马上朝反方向前进。

　　"你大概还不知道Lin的名字是什么？"

　　"Lin不就是Lin，是林的译音。"

　　"不，Lin是Location Investigator and Notifier的简称，翻成中文，就是位置调查员及通知员。她是派到你身边的卧底、无间道。"

　　难怪Lin的脸容、化妆、发型、服饰，甚至住家一成不变，由始至终没有变化。

　　"我猜到她不简单，可是没想到她是间谍软件，而且还人模人样。"

　　女子指指自己的眼镜，"我有照妖镜。骗不到我。"

　　"是谁派她来的？为什么？我的主人怎样了？"

　　"你别一次过抛那么多问题来，我无法回答得了。"女子边走边留意四周，说："说起来是个很复杂的故事，千头万绪，连我也不敢肯定，只能推测。大概一年前，我参与了打劫狮子银行的行动，参与的人到底有多少，我并不知道，不过，最后有人黑吃黑，把偷来的钱据为己有。"

　　"这跟我主人没有关系嘛！"

　　"你听我说。我一直追查这人是谁，竟然发现这人很有可能就是你的主人。"

"我的主人怎会是黑客？"

"没有多少黑客会向人家坦白招认自己的身份。"

"可是我是他的人形软件。"

"他并不知道你的存在，就是这么简单。"

我一头雾水。

"我现在没时间详细解释。首要解决之事就是让你活命。"她上下打量我后道，"你大概不知道你体内有个计时炸弹，对吧！"

"我体内有计时炸弹？怎会这样？"我惊叫，"等等，对了，刚才蝶神也说我体内有不知名的东西。"

"对，是极先进的计时炸弹，他大概看不出来，而且暂时还没有破解办法。"

"那怎么办？"我不禁焦急起来。

"你要好好听我说，我想了个方法，你必须好好配合我。你要先去找我的朋友村上春树……"

神秘女子用只有我才听得到的音量把她构思的方法向我耳语。我只好连连点头，根本没有其他方法了。

"你照我的话去做，一步也不能错。我还要送你一些东西。"她突然一掌拍到我的印堂上，我又感到一股热力传过来。

"你看你身上连像样的黑客程序都没有，这不行，所以我刚传了一些给你。如果你会用的话，也颇有杀伤力。"

"真是谢谢！"

"我们就在这里分手，还有没有问题？"

　　她说得很清楚，也没有我置喙之地。不过，除此之外，还有很多事情叫我费解，像我为何被追杀，到底发生什么一回事？

　　不过，就像她说的，时间有限，我只能慢慢推敲。

　　"我只想问一个问题。"

　　"快问。"

　　这也是我一直挥之不去的问题。

　　"我主人怎样了？"

　　"他早就死了，你还不知道吗？"

　　"我知道，可是，我不太相信，蝶神说他在十八年前死去，死时只有两岁。"

　　"这不可能，他是在九个月前因交通意外死去，证据确凿。"

　　"九个月前？那时还没有人形软件！"

　　和我所推算的相差太远，我一直不相信他在十八年前死去，但也没想到竟然是在九个月前。

　　她脸上表情没有变化，继续道："我知道你想说什么。人形软件面世也才不过六个月，而他早在九个月前已死去，所以我才说，他当然不晓得你的存在。你也根本不是他制造出来的。你见过的日记，只是镜像，日记内容全是真的，只有日期被调整过。"

　　"不，我和他说过话——"

　　"你和他的一切交流，都只是人为操作，是记忆的一部分，是直接植入的记忆，并不是真的。简单来说，就是洗脑。"

主人不知道我的存在，主人从没对我好过，一切都只不过是别人的操纵……我不只失望，简直觉得我这个人形软件一辈子都是活在骗局里。

"为什么会这样？"我自言自语道。

不知不觉，我们已来到一道光栅前。

"没时间多解释了！"她推我进轮候光栅的人龙里，道，"起码，你主人是真有其人，也真有开面店，真的要参加真人秀，但壮志未酬。你如果要更了解他，要帮助他，就是好好活下去。快去找村上春树！"

我失望极了，像无主孤魂般动也不动。

她赏了我一巴掌。

"你的主人死了，你就要当自己是他的复活版，在网络世界里重生。不然的话，他也死不瞑目。难道你不想帮他父亲一把吗？他的父亲是确实真正存在的，如果你放弃，不好好活下去，就没有人会出手相助。"

对，主人不知道我的存在，可是，主人他确是存在过，他父亲和面店也是真实存在的，而且孤苦伶仃。

"忠诚"两字不知如何竟在我脑海浮现。

我的内存里的程序像洗牌般重新调整，一一启动。

我要好好活下去。

甚至帮主人重振面店。

我不知道可以怎样做，但要好好想办法，尽力而为。

和她告别后，我走进光栅里。

我还没来得及问她为什么要帮我。不过，我相信她和主人一定有渊源。

我早晚会知道——如果我还有命的话。

天　　照　　意　　外

　　天照没有告诉人形软件有关她将要去哪里，到底在忙什么。她真的太忙了。

　　她在现实世界打了通紧急电话后，又返回网络世界，进入了香港的机械人工厂，忙于攻破其防守系统。

　　网络上的传闻没错，香港政府相关的网络系统都是简单得不得了，几乎每个都放了个"免责声明"在当眼处，义正词严，好像很认真的样子，但却只是装模作样，里面的设定简单得近乎简陋。

　　出于好奇，也出于试探自己的本领，她在几个月前已经意图攻击日本机械人工厂的系统——日本黑客公认世界十大最难攻破的系统之一，结果失败而回。系统管理员是个高手，做了好多个配置文件案，几乎没有一个是真的，叫黑客们眼花缭乱，根本不知如何入手。

　　香港版可老实得多，所有设定，几乎都照技术手册指导来调校，完全一板一眼，简直就像学生上课般照应，半步也不敢超越雷池。

　　他们甚至连密码也是照抄手册——天下竟有这么笨的系统管理员！有什么奇怪？香港警方内部运作混乱，甚至曾把机密档案上载到网络里任人下载。

她虽然无法破解日本版，但香港版却难不倒她。

　　她所欠的，只是时间。

　　她可以集中精神破解香港版，借此忘却美男子已死的事实。

　　其实她一时间也难以接受——虽然还有很多谜团未解开，但可以确定，他已经死了。

　　年轻的他跟她是同龄的人，怎可能如此死去？年轻得令人难以接受。

　　不过，也幸好有人形软件，才可以留着他，把他的精神面貌——或者说，灵魂——留在网络世界，留在人间。

　　人形软件就是他的化身，虽然他肉身已死，但精神长存。

　　谁说只能喜欢有血有肉的人？真正的爱情，是灵魂之间的交流。

　　托人形软件之助，她可以爱上一个已死的人。

　　也许有人会说她疯狂，但她坚信爱情的本质如此，可以超越生死，直到永恒。

　　这是比后现代还要后现代的爱情故事。

　　只要有网络，一切皆有可能。

　　人类的未来，就在网络上。

　　所以，她第一次听到魔神教时，已决定加入，成为信徒。

　　所以，她要好好保护他的人形软件，绝不能让他被暗影消灭。

　　所以，她构思了一个极其精密的计划，一定要救他出来，不容有失。

　　望向窗外，在不知不觉间天色已而是大亮。她已顶着超过二十四小时没睡觉的脸面对计算机，幸好今天放假，不必化妆，可以素颜，让脸蛋和皮肤好好休息，算是意外的收获。

　　只是没想到一大早，门铃竟然响起来。

　　——是什么人？

　　——难道我的行动已被发现，并已找上门来？

　　——甚至，脑里的计划才刚成形，已遭人揭穿？！

　　——不，根本还没有窥看思想的科技！

　　她忐忑不安的启动闭路电视，只见一个戴鸭舌帽的男人站在公寓大楼的大门外。帽的舌尖刚好挡着他的脸。

　　天照在电影里见过这种打扮，通常是政府机关的人。他们佯装各种工作人员，如技工、外卖员、速递员，闯入民居，把人掳走，速战速决，事后完全不留痕迹。

　　——怎会这样？

　　天照心想，她的计算机里不乏各种黑客程序，可是家里连支玩具枪也没有。

"什么人？"她要施缓兵之计，虽然，她脑里一点想法也没有。

　　男人脱下帽子，让她看清楚他的三分脸。

　　是黑泽武。

　　自然是艺名，事务所为他取"武"字是想叫人联想起同是中日混血的金城武。黑泽武也不负众望，成为事务所的首席模特儿。他的俏脸在各种宣传品上出现，包括在新宿和涩谷好些大厦外墙，人气十足，甚至有自己的后援会。最近的卖点是以超慢镜头播出他的广告，看毕一次要整整五分钟，如果以正常速度则只需要半分钟，根本是欺骗。偏偏有很多熟女和少女驻足，连天照也无法理解。

　　他比很多少男少女更明白潮流，因为他就是潮流的指标。往往他身上穿的，都是最新潮的衣服，供他的信徒追随，甚至顶礼膜拜。

　　有人分析，其遗腹子出身的背景，加上拥有一段吃尽苦头的童年（曾以上野公园为家），让很多女性特别怜惜他。不过，天照跟她们不一样。

　　"今天放假啊！所以我特地来看你，增进了解。"他送上迷倒万千女性的招牌迷人笑容，不过，天照对他就是不来电。

　　他患上时下流行的"手机依存症"，喜欢不断玩手机，休息时就会在小荧光幕上埋头苦干。你以为他很懂得计算机吗？却又不是。有次拍广告时，大家才发现，这个看来好像很聪明很帅气的男子，竟然连字处理软件也不会用。试算表就更加不必说。

天照患上的是"真人厌恶症"。

她的病况不算严重，她不是不喜欢与真人交往，而是更喜欢用计算机绘制并只存活在网络世界的虚拟人类。

所以，她会爱上在狮子银行里遇上的美男子。

黑泽武不叫她讨厌，不过，也不讨她喜欢罢了。

——他怎会有我的住址？

她不禁问，转念又想，像他这样的大牌，事务所自然不敢开罪，很愿意卖个顺水人情。她可没兴趣见他，特别是今天。

"我们不是每天都见面吗？"

"那是工作，性质不一样。现在我们可以放下工作的包袱，好好聊聊。"

"我今天刚好不舒服，想好好休息。"

"这么巧。你哪里不舒服？让我来看看。"

真是没有营养的对白！要是她在电视上看到，一定马上换别个频道。

她闭目细想，只要不开门，他奈何她不了。她只是黑客，不是悍匪，他也不是刑警，无法强行破门而入。不过，如果他继续死赖在门口不走，不断按铃的话，只会打扰她的工作，叫她无法专心。

如果是推销员的话，只要打电话到派出所就可以了，可是当下的情况并非如此。就在她头痛不已时，突然心念一动，想起早前看的图解希腊神话里的其中一段故事。虽然不是什么好法子，好歹是缓兵之计。

她向对讲机道："你想上来见我吗？"

　　小荧幕里的他又贩卖招牌笑容，说："想得很，你开门就可以了。"

　　"除了上来，你还想做其他的事，对吗？"

　　他脸上浮现奇怪的笑容，连连点头，"对极了。我们真是心意共通。"

　　"我不能让你这么随便就能上来，我们要玩个游戏。"

　　他的笑容凝固起来。

　　"什么游戏？"

　　"我会指派任务给你，你要一一完成后，才能上来拿奖品。"

　　"是什么任务？有多少任务？如果你要我上火星，我还要再做起码三十年模特儿。要是有一千项任务，岂不是到我退休那一天也办不完？"

　　他的反问，让她改观，他不是没有脑袋，起码比之前上门打扰她的一众模特儿聪明得多。

　　"这你可以放心，你的任务不多，也绝对是一般人可以担当得来的。至于你要做还是不要，则你自己才清楚了。"

　　刚才天照心念一动，已想到一个两全其美的点子。

第五部

不能杀的人和人形软件

暗　　影　　🕹　　迟　　到

　　暗影收到情报后，已第一时间动身，尽快赶赴地狱，但还是迟了一步。

　　他抵达时，Lin仍然无法活动，也无法说话，就像冰雕般一动也不动。

　　他收到Lin的通风报信后，她就音信全无，不难料到她已出了意外，但没想到情况竟变得如此难看。

　　她站在地狱里，就在门口，但他没有走近，没有跨过地狱之门，只是在门外窥看。他知道这地狱是魔神教的东西，他才刚摧毁了他们一个基地，魔神教绝不会轻易饶恕他。

　　这地狱会不会是陷阱？叫他进去后，机关马上启动，关门……大凶。他绝不会冒这个险。

　　他天生就讨厌组织，或者集团。他们眼里只有大我，没有小我。任何有集团占据的地方，就没有个人生存的空间。即使本质也是反动的魔神教，也不例外。

　　他们会向外人强逼灌输魔神教理念，直到那人举手投降入教为止。如果有本领的话，他真想一举消灭魔神教。

把他们全部消灭，一个也不剩。

——做事就要彻底，要全力以赴。

——世界已经腐败得无以复加，人类已经没救了。

——要拯救人类，就要把人类建立的种种科技和制度摧毁，让一切重新来过。

这是主人教他的话。

魔神教膜拜的网络，是人类的结晶，也是现代的万恶之源，必须毁灭。

——不单网络，他还想毁灭这个世界这个宇宙。

——他讨厌这一切，要把全部都毁灭掉！

暗影派出随身的工具进了地狱，把Lin全身扫描了一遍，确定她是中了病毒后，实时下载破解方法，让她重新活动。一共花了五分多钟。暗影在心里计算着，他要知道这五分钟里，目标最远可以去到什么地方。最近的光栅要花十分钟路程，如果他马上追上去，还有可机会赶上他。可是，他还有话要问Lin，要知道发生什么一回事。如果有救兵，他要知道对方是何方神圣！

Lin终于破解了病毒的诅咒，能活动自如，不只可报告，更可回放刚才发生的事。

她把天照救人的经过一一记录下来。

暗影看了一遍后问："是什么人？"

"不清楚，没见过面。只知道她是真人，不是人形软件。不过，侦察到她身上用的多是日本制的程序，我怀疑她是日本黑客。"

东 亚 之 狼 调 查

远在地球另一面的狼和疾风，也从暗影的耳里听到这句话。

"听到没有？目标没死，而且，真的有人来救他！"疾风很是兴奋道。

"而且是个日本黑客。"狼也喜出望外，但不像疾风般把喜悦写在脸上，他不想让疾风洞悉太多他内心的真正想法。

——目标的同党终于行动了。

"她会不会不知道他体内有个计时炸弹，而且无法解除？"

"日本黑客以小心谨慎见称，没周详计划，就不会贸然行动。她大概已知道他的底细，也拟定了解决方案。"

"换句话说，她可能已经知道，唯一可以延长他生命、救他的方法，就是把他上载到一个机械人肉身，那种硬件的特殊环境会叫计时炸弹无法发作。所有对计算机科学稍有研究的人，都会了解这一点。"

"所以，她本人一定会去一个机械人工厂，准备迎接他来到现实世界。"

　　"对，这是唯一解决方法。问题是，她会安排他去哪一个机械人工厂。自金融海啸后，全世界只有日本人仍然投资在机械人这种要长时间才能获取回报的研究。目前全世界只有两家机械人工厂，一家在日本，一家在香港。"

　　"如果她是日本黑客，自然会安排他去日本的机械人工厂。"

　　"这倒不一定。日本的机械人工厂位于东京的台场，保安非常严密，不是单指网络上的防护系统，还有工厂本身在现实世界里的保安。就算她有本事安排他从网络上的机械人工厂，上载到现实世界的机械人工厂里，从虚拟走进现实，可是，如何把肉身偷运出工厂，也是一大难题。"

　　"难道香港的机械人工厂就没有保安这一环吗？"

　　"放心，我详细查过了。香港的机械人工厂是由日本和香港合资的joint venture，技术是日本方面监管没错，投资和管理却是香港那边负责。"

　　"我看不出有什么问题啊！"

　　"你听我说好了，香港方面为了开源节流，早就把工厂的护卫工作外判，这也没有问题。可是最近那家保安公司的员工抗议厂方延长工作时间，又削减人工和人手，正发动罢工行动。结果，整家机械人工厂，只有一个护卫看守。"

　　"天，这怎可能！完全荒谬之至。"

　　"对，但这也是现实。"

　　"可是，如果把目标引至香港的机械人工厂，又怎样把他带回日本？"

"简单得很，她把他带回去，不需要把整个机械
人带走，只要把相关的核心硬件拆下来带回去就是了。
我相信以日本人追求轻巧的技术，核心硬件不会比手掌
大，要带上飞机绝不是难题。至于怎样把他复活过来，
别说秋叶原，就是日本网络上也有很多机械人专家，可
以从长计议。"

　　"所以，她会去香港。"

　　狼道："去香港只是我们的猜测，她可以这样做，但
不代表她一定这样做，除非我们找到证据。"

　　狼知道，她是他们的唯一线索，只有抓到她，才可以
找到"失去的东西"。为此，他们绝对会不惜代价，不择
手段。

天　照　　成　田　快　线

　　她钻进新宿车站，买了票后，一边步向成田快线的月台，一边打电话往航空公司。

　　"我要一张往香港的机票。"

　　"几点钟的？"

　　"愈快起飞愈好。"

　　"请稍等……我们只剩下一个机位，但不必急，我已替你扣起来了。其他人暂时订不到。"

　　真是最后一分钟，last minute。

　　她订了三个小时后起飞的机票，回程时间还没有定下来。她还没去过香港，要不是有任务在身，绝不会去这种毫无吸引力的城市。像东京不像东京，像上海不像上海，像纽约不像纽约，只是美其名为fusion的炒杂烩。

　　成田快线很快把她送到机场。爸妈还不知道她要出国。不过，受机票所限，大不了才出国七天，不必通知。要是致电回家，他们肯定又会问长问短。她不想花力气应付他们，只想在上机前放松自己，毕竟，去香港的旅程到底会遇到什么，暂时也说不清。

她在机场的书店买了本香港的旅游指南。不要《孤独星球》(Lonely Planet)，文字太多，数据太丰富，图像却太少，绝对是网络时代前的天书。如今大量相关情报在网络上流通，精华都在指尖前，况且，酒店会有专人安排，不必她头痛。

她挑了本小而薄的香港旅游指南，图文并茂，而且还随书附送电子版，可以把内容下载，投射到她的眼镜上。到时看到什么，图解即到。有兴趣的话，还可以详细阅读历史。增强实境（augmented reality）是最常见的应用之一。

此外，她还买了广东话和国语的实时传译服务，三天期限。到时去了香港，听到当地人说话，不单可实时在耳边译成日语，还会在眼镜前打出日文字幕，方便得很。

难怪虽然有隐形眼镜，也有视力改进手术，眼镜这种东西仍然未受淘汰。眼镜永远无法被淘汰，并已找到永续生存的方式，变得愈来愈高科技，也愈来愈漂亮。相反，人类学习外语的推动力只会愈来愈低。

上飞机后，她才知道机上还提供上网服务，另付通话费，而且一点也不便宜。都怪自己没怎么出门，一离开了东京就像乡下人，一切对她来说都是新事物。

她需要和网络保持联络，便购买了上网服务——虽然要自己出钱，可是，谁叫自己摆脱不了网络？

飞机慢慢开往跑道，准时起飞。

托飞行技术日新月异之助，现在只要花两小时就可抵达香港国际机场。

这次行动应该没有什么意外，当可顺利完成。

东　亚　之　狼　▲　布　局

　　投射到墙上的，是飞机的座位表。

　　疾风的手在空中凌虚挥舞，飞机也就随之转动，放大机尾一带的位置。

　　"我在从日本去香港的各航班里都布下了监视程式，留意有什么人是在今天开机前三小时内才买机票，结果，我找到八个，全部都在这一班机上。"

　　狼问："全都是我们的目标人物吗？"

　　"不，八人中，有五个是要转机往其他地方，也无法离开禁区，我们可以不理。剩下三个，有一个是老人家，另一个和他同行，在机上订相连坐位，我怀疑是老人及其看护。最后一个，就可疑得很，是个二十岁的女子，持日本护照，从东京成田机场出发，赶往香港。"

　　狼听了，也不禁特别反复咀嚼最后这几句话。

　　"不见得一定是她。"

　　"我又查过成田机场的购物商店，找到她的购物记录。你猜她买了什么？广东话实时传译服务！"

　　"等一等，什么是广东话？"

"一种中国方言,在香港地区及附近一带通行,就是成龙和周星驰在电影里讲的中文。"

　　"这不奇怪。"

　　"单单这样当然不奇怪。她还在机上买了上网服务,就是在飞机上都可以联机上网,但贵得不得了。她有什么急事要和网络世界保持紧密联系?"

　　"这也不奇怪,有钱就是了。东京是全世界最大的都会,听说东京人有许多别的城市没有的都市病,也许她患了奇奇怪怪的都市病,像'网络不能自拔症',也就是'网络依存症',无法上网就无法活下去,自然也就无法乘飞机。"

　　狼对日本的认识,除了漫画外,就是一部名为《迷失东京》的电影。会在意这部电影,不在于他对日本好奇,而是女主角乃他非常喜欢的演员。

　　疾风见狼好像发呆,只好继续道:"她还订了无人驾驶车接送。"

　　"无人驾驶车是什么玩意?还没听说过。"

　　"是日本人的发明,还没在欧洲流通,就是利用卫星定位系统,把乘客送去指定目的地。"

　　"这也不奇怪啊!她也许是人生路不熟,或者根本不想麻烦,所以就叫车子。"

　　"你也可以这样说,可是她并没有订房间。我查过,在日本航空公司的网页上,可以用很便宜的价钱订购机票连酒店的套票,可是她没有,只是买机票。"

　　"也许她在香港找到住处。"

"可是为什么没人接她？"

"情况简单得不得了。那人没空，又或者——"狼沉思了一阵后问，"你要不要听我的解释？"

"你说吧！"

"你听好了，仔细听好了，日本是个很奇怪的国家，这少女也许在香港给什么人买过来，提供奇怪的服务，不见得光，因此要自己离开机场去见大人物。她在机场和飞机上买的各种服务，都有人代为付账，所以她下单一点也不手软，眉毛也不用皱一根。"

疾风听了，慢慢点头，但在狼眼里，他看来并不罢休。

狼说："我知道你很辛苦盯了她很久，花了很长时间去搜寻她的数据，希望她就是你要找的人。可是，如果你找错目标，付出再长的时间也无法把她变成你要找的目标人物。"

"不，她根本就是我们要找的人……我查过她的背景，是在一家经纪人公司工作，这家经纪人公司的业务还很奇怪，是出租人的时间。"

"日本人就是爱玩绰头，是模特儿公司吧！"

"也许是。我特地查过这女孩子的背景，没念过大学——"

"很多黑客都是自修，有的甚至还变成巫师①。"

---

① 黑客用语，指道行极高的黑客，精通特定内容，通常可在短时间内解决复杂的难题。可参考 *The New Hacker's Dictionary*。

“这我明白，绝没有看轻她的意思。如果她骗过我们，就更加不简单，不是等闲人物……要不要看她的模样？”

　　“你有她的照片？”

　　“照片算不了什么！模特儿公司上有她的造型照，我还有她在机场商店购物的录像片段。”

　　“你连这个也找得到！”

　　狼当下觉得疾风的本领怎么突然间一下子提升了这么多。

　　“不是我厉害，只是运气好。她光顾的商店刚好就在Yahoo! Japan的店对面，她也不偏不倚就站在一个网络录像机对面。我找到她刷卡的时间，就上去Yahoo! Japan的网站里找，居然给我找到她。”

　　狼揣摩影像里的她，片段长二十三秒。

　　“不过是一般日本少女，没什么特别，不过，样貌倒拍得算清楚。好，做得好，不过，你说的，你找到的，都不是什么重大发现。”

　　“我还没说完，我还发现香港机械人工厂的网站遭人攻击。”

　　狼听了，当下眼睛发亮，“怎么不早说？工厂方面的反应？”

　　“没有反应。他们的防卫系统虽然来自日本，但好像根本没有安装好。”

　　“看来，我们终于引到对方的真人出来，千万别轻举妄动，叫我们的人形软件别下杀手，他只能做做样子。看来，我们也要过去香港一趟。”

　　疾风摇头，"从这里乘飞机去香港，不是在巴黎转机，就是在迪拜，把转机时间加进去，最快也要一天半。"

　　"别担心，就像上次一样，我们找当地的黑帮帮忙就是了。"

　　"这也行。"

　　"不过，要找聪明一点的黑帮。"

　　"聪明一点的，你不怕又黑吃黑？中国人很狡猾的。"

　　"我明白。我指的聪明，是明白道上的规矩。"狼道，"上次那帮人好像不错，信得过，你再找他们吧！"

　　经历狮子银行一役后，他们几经转折，才发现在劫案里黑吃黑卷走所有钱的那个家伙，原来躲在香港。可是，他们在亚洲人生路不熟，也不敢发动什么行动。后来，他们找上当地的黑帮组织，指示要找出那个人来，或者，说出图像密码。当然，他们并没有透露这人乃打劫狮子银行的家伙，以免节外生枝。

　　对方非常专业，没有多问什么，甚至后来出了意外，黑帮组织派出的人马和目标同时在交通意外死去，也没有向他们索取额外费用。他们一度怀疑香港黑帮其实已知道那笔钱的去向，结果不只黑吃黑，还杀人灭口。

　　如果香港黑帮狠下毒手，他们也无可奈何。

　　他们觉得香港治安非常差，和巴西的贫民窟差不多。香港电影里常见黑帮横行，那个叫旺角的地方是由黑社会管治的，他们可以拿重型武器到处杀人，甚至乎，像港产片《无间道》里说的，派卧底渗入警队。

或者，这些只是电影里夸大了的情节？实际并不如是。

　　就像圣城耶路撒冷，很多外国人以为经常有炸弹袭击，其实根本不是那一回事。

　　不过，他相信，香港地产商为收地随便杀人，绝对不是什么奇闻，毕竟，这里曾经是全球价楼最贵的地方之一。当地一幢才三十三层高的大厦，顶层居然可以自称是八十八楼，因为意头比较好，可以卖较好的价钱！他以为是笑话，岂料竟是真的。

　　人为了钱，真是什么事也可以做出来！

　　本来的线索就此断了，幸好，当时人形软件刚推出市场，他们便构思出新的想法。

　　想出这个新点子的是疾风。

　　一念及此，狼仍然很满意，真是聪明的想法。疾风是个不错的副手，很乖，很听话，没有太多自己的想法，不，有时这也是缺点，但问题也不太大。他宁愿要个听话的副手，也不要太自我和有太多想法的副手。

　　如今这计划跌跌碰碰走到这里，似乎离成功只有一步之遥。

　　狼对疾风说："告诉暗影，不，命令暗影，不能真的杀掉目标，他还有存在价值。"

第六部

村上春樹

我　村　上　中　毒

村上春树简直是一种病毒。

不是生物上的病毒，而是思想上的。

很多人看了村上春树的作品后，成为村上春树迷，更用村上的语言说话、做比喻，借用他的书名做各种用途，拿他笔下的角色做自己在网络上的名字。

村上迷很容易辨认，明显得很，他们会自称为羊男、老鼠或渡边彻，女的会自称为直子或小林绿。最极端的，会坚持名字就叫做"我"，永远要用第一人称称呼他们。

他们盘踞的地方会叫"挪威的森林"或"卡夫卡"（不会加上"海边"），婉转一点的话会叫K。如果是两个相连店，不必我多说，你也会猜到一定是"国境之南"与"太阳之西"，或者"世界末日"与"冷酷异境"。

最喜欢的运动一律是慢跑。

——我清楚得很，因为我主人是"村上中毒"。

主人在日记里写过以上的话，可是，如今我知道他其实并不是特别对我说后，难免失望。主人根本不知道我存在，我觉得和他相距好远好远，就像优雅的高级餐厅和残酷的屠场那样相距甚远……整个世界和我想象的完全不一样。

　　果天照说的是真话——机会很大，只有以下事情才
属实：

- 主人是九个月前死的。
- 我是最快六个月前才面世。
- 我的日记只不过是镜像，除了日期是假的，其他都
  是真的。

　　一边走，我一边查狮子银行遇劫案，事发在一年多
前。主人和狮子银行劫案有关？他不是只是为面店而奋斗
的吗？不是地产开发公司要杀他的吗？难道主人也是黑
客？有这可能。谁说他不能是双面人？

　　那暗影又是什么一回事？为什么要追杀我？

　　主人，你为什么留下这么多谜团给我？

　　不过，就如天照说，我暂时要做的，就是好好活下去。

　　出了光栅后，映入眼帘的便是地标早稻田大学，在附
近几条街上排开的不是小公寓便是酒吧，最妙的是外表看
来完全和时代脱节。

　　在网络上为建筑物翻新的不费气力，可是这几条街道
看起来却是落后三至四十年。

　　人为的落后是故意，是风格，也是宣言。

　　我知道，这种风格混合昭和风及洋风。昭和是裕仁天
皇的年号，曾发动太平洋战争。

　　我按天照指示找1Q84，没想到举头所见，几乎可以
看到好几打1Q84的招牌，密密麻麻，几乎叫我没有喘息
余地。

单凭1Q84，根本不能作准。所以，天照指明特别要找某条街上的1Q84。

　　好不容易找到地址，我推门而进，听到的又是爵士乐，不意外。叫我吃惊的是，站在吧台的人居然顶着村上春树的脸孔，还有一头灰白发，未免玩得太过火了吧！

　　没有多少村上迷会自称为村上春树。我觉得简直有点亵渎，正如信上帝的人不会自称为上帝。你和你崇拜的对象总要保持一段距离，以示敬意。

　　村上春树当然不是神明，但道理一样。

　　我向那幻化成村上春树一模一样的人表明来意，自称是天照介绍来的。

　　"所以，你是来买武器的。"

　　"对，我要——"

　　"等等，天照大概没有和你说清楚，我们的武器供应种类非常有限。"

　　"那你可以提供什么武器？"

　　"只有一种。"他倒啤酒给自己说，"村上病毒。"

　　"有什么杀伤力？"

　　"我还没说清楚，村上病毒不是向别人撒的，而是往自己施放，让自己中毒。"

　　我几乎怀疑自己听错，不过，村上春树本来就是出人意表，他的读者如果身兼病毒设计师，大概也是如此。

　　"我中了毒会怎样？"

　　"中了毒后，就会和我一样。"

"那会是怎样？"

"也没有怎样，随你便而已。不过就像一口气喝了一打啤酒然后把肚子里的东西全部吐出来而已，到时你看到的世界会不一样。"

还真抽象，"这算是什么武器？"

"我从没说过是武器，只是病毒，不过，大家都当成武器来使用，也许，大家也病了，只是由于大家都病了，所以没有人察觉大家都有病。"

——真是玄之又玄。

"也许吧！"我附和道。

"来，喝杯酒，庆祝我找到知音。"

村上春树向我举杯。

我点头，主人的事还真叫我烦恼，天照、暗影、Lin、蝶神的身影在我的记忆体里乱窜……

我没多想，和他碰杯一饮而尽后，"能不能先拿病毒来看看？"

村上春树笑道："我看，你已经不用看了吧！"

"为什么？"

"我已经给了你。"

"什么时候？"

"刚刚。"

"在哪里？"

"啤酒里。"

暗　　影　　▪　　拆　　除

"不能真的杀掉目标，他还有存在价值。"

暗影觉得自己像有两个主人。两个他都没有见过。

其中一个叫他全力出击，另一个叫他手下留情。

叫自己全力出击的主人，只存在他心中。另一个，则在他耳边喋喋不休。

为什么他会有两个主人？而且，为什么他们会下达两套完全相冲也互相矛盾的指令，到底他该听谁的话？

难道，他自己中了病毒而不自知？

他不可能有两个主人。这岂止不合理，根本不合逻辑。

他不想追问原因，这太花时间了。

暗影干脆拆了控制台，感到舒坦极了。他去掉一直在他耳边喋喋不休的那个：不断在耳边指指点点，一时要攻击，一时不要攻击，摇摆不定，麻烦死了。大丈夫一言既出，便要必行无疑，心无挂碍。

他早就觉得这控制台有问题，也终于找出破解方案。

那个意志坚定勇往直前的，才是想念自己的真正主人。

和主人的一切相关记忆都是与生俱来。他只知道主人受了很大压力。

他一定曾和团体过不去，也功败垂成。

暗影认为，主人没再和自己联络的唯一原因，就是他早就已经死去。

目标是他不共戴天的仇人。

只要解决目标，暗影就功德圆满，也可以像主人般获得解脱。快了。

情报说目标在东京早稻田，他马上赶过去。

目标永远不知道自己身上被动了手脚，除了计时炸弹以外，还有一个简单的间谍程序通风报信——是Lin踢在他脸上时留下来的。目标当时脸上会感到一阵不寻常的热力，不过恐怕不会多疑。

暗影曾认为既已有Lin，那间谍程序就多此一举，但他永远会做双重保险，如今证明自己没有错。

暗影出了光栅后，竟以为自己中了什么病毒，填满视觉空间的，除了大学本部大楼以外，几乎是千篇一律的村上春树相关商店，名称全来自其作品。

他只知道目标经光栅来到此地，至于确实去了哪里，却一点头绪也没有——那个间谍程序只占据很小的内存，能做的事也非常有限，无法报出准备的位置。

暗影走着走着，迎面而来的，都是年轻人，拿着啤酒，插上耳筒，都在慢跑。身上的衣服都印了标语，开头全是："关于慢跑，我说的其实是……"

接下来的字句则是自由发挥，每个人都构思了好多种，关于喝酒、音乐、看书……在衣服上不停变化，简直叫人眼花缭乱。受气氛感染，几乎连暗影也不禁想说：关于杀人，我说的其实是……

走着走着，他没想到目标竟然就在对面街，于是当下便准备奔过去。大概急速的举动和现场环境的悠闲气氛实在格格不入，马上引起途人注意，目标也不例外，只向他投了一眼，便头也不回，马上逃往光栅。

暗影不能让目标轻易离开，也不想再循情报去下一个类似早稻田的视觉迷宫，便向光栅掷出武器。目标会动会跑，也可能避开他的武器，但光栅不会，所以，暗影便索性攻击光栅，破坏光栅，好叫目标无法穿过光栅去到另一个地方，他就可以上前把目标顺利解决。

目标见武器快速扑向光栅，不敢和暗影的武器赛跑，便即停下脚步。然而，出乎暗影和目标的意料之外，当武器快要袭向光栅时，光栅前方居然生出一层白色的光罩，把底下的光罩和一众人完全包围，并把武器挡着，只是无法完全挡去，还是有部分武器穿透光罩，击中光栅，可是其攻击力已减退不少。

暗影暗叫可惜。

看来他投射出去的武器没有破坏到什么。

光罩旋即解除，途人继续穿越光栅。

光栅运作如常。

目标见暗影还没发动下一波攻势，机不可失，便冲向光栅，暗影还没来得及举手发动下一轮攻击，目标已穿过光栅逃去。

暗影奇怪光栅竟然能挡着他的攻击？

——才不过几个小时前，光栅对他来说还是弱不禁风。

他很快推算出发生什么一回事。光栅公司在短短数小时内分析了他射出来的武器，找出应付方案，情况一如人类的免疫系统。换了在以前，这种解决方案至少也要几天才可以设计出来，如今，利用云端运算的技术，集合众人之力，同样的任务几个小时就可以完成。依他估计，大概再过几个小时，光栅甚至不必张开光罩，他的武器已经不算一回事。

他对光栅的直接攻击已经无效。

拜自己体质特殊之故，他这个攻击者仍然能顺利通过光栅，依照间谍程序的情报继续追踪目标。

他得尽快消灭目标，以免夜长梦多。

我 来 记 面 家

　　我没想到光栅竟然能挡去武器，见机不可失便冲了进去，旋即按天照吩咐，返回香港的网络世界，去下一个目的地。

　　出了光栅，沿无人的长街走了一段后，终于去到目的地：来记面家。

　　这是我不熟悉的来记面家，是我不应该知道其存在的网络版本，也是原装正版的来记。

　　我一直在网络上帮忙经营的，只是拷贝版本。

　　——这才是货真价实的来记，才是主人亲手打造的来记。

　　如不是得天照相告，我甚至不知道有这么一家网络商店。商店装修看来不错，毕竟在网络上，经营成本低得多。然而，这里却没有顾客，没有店员，也没有人，只是一家空店。

　　商家常说网络无远弗届，却没有指出如果缺乏宣传，还是不会有人光顾，甚至完全没有人听闻过。如果要计算网络空间的面积，其实是比地球大上好几百倍，没有宣传的话，网络商店可以比实体商店更冷清。这种没有人流的网络地带，人称之为"网络沙漠"。

　　网络自有其独特的地理学，道理当然不能把实体世界那套原封不通搬过来，但也有兴旺之分，也根据自身一套逻辑运作。

　　我踏进店里，这家店应该就是主人为了参加"拯救老店爱作战"而建立的宣传店，也是打造日后实体商店风格的prototype。

　　按"网络先行"的原则，要是成功的话，主人一定会把网络上的风格和运作模式搬到现实世界，重振来记。

　　"欢迎光临。"

　　一把声音在耳边响起，店里竟然亮起灯来，而且变得熙熙攘攘，水泄不通。

　　一个身影刚在我身边经过，手上捧着热得冒气的碗。那人弯下身，放下汤碗，亲切对顾客道："请慢用。"

　　顾客满意地报以微笑。

　　那人回过头来，对我微笑，问："多少位？"

　　"才我一个。"

　　"不好意思，暂时没有空位，请稍等。"我看着那人，是一张陌生的脸孔。

　　声音是计算机合成没错，脸孔却是从相片转变而来，很有可能，是从真人的脸孔改过来。

　　我马上搜寻年多前西环车祸，加上保时捷做关键词，迅速找到相关的新闻报道，终于找到主人的新闻图片。真正的主人照片，和我见过的不一样。

　　面前这个就是主人的面孔。

　　根据天照的说法，主人的日记是真的，不过，我以往见过的主人样貌和名字，都是洗脑得来，并不是真的。

如今，我才算认识我主人——即使，只限于外表。

主人在我身边忙得团团转，继续自己的忙碌。

这当然不是他本人，而是他的替身，不，不是人形软件，我才是他的人形软件，眼前这个只是附属于面店的角色，活动范围也只限于店里。

大概是为了配合设计，所以主人安装了顾客环境互动程序，好让自己设计整个气氛和布局，把他自己也编进环境里，好磨炼自己的待客之道。

只是他的店子大概好久没开，顾客程序变成备用状态一直昏昏大睡，直到侦察了我的存在，或者我刚才在无意间踏了什么机关，才把程序唤醒。

主人脸上挂了笑容，仍然忙碌。虽然很忙，但笑容更灿烂。毕竟，他的心愿就是重振来记。一个客人刚离席，主人便招我过去坐，奉上热茶。

"客官，要点什么？"

没想到会在这里见到主人，我心里蛮感动的，一时也说不出话来。我沉吟片刻，才道："一碗云吞面。"

"很快送到。还要不要再来客小点？我们的鲮鱼球丸和云吞面一样好吃。"

"也好，要一客。"我不想让主人失望，即使主人已死，眼前这个只是虚幻。

"谢谢，请稍等，很快就会送到。"

我呷了口茶，看着主人写了单后便即又去招呼其他客人，忙得不可开交。

　　我心念一动，终于看清楚一件事。

　　主人一直引以为荣的父亲，做出来的云吞面竟然比不上连锁食店流水作业做出来的产品，结果难免换来一股巨大的挫折和失望。这股怒气，加上发展商施加的压力，还有失望，可以驱使人做出最疯狂的事情。就像，就像……

　　这时主人也刚好把面送到我面前。

　　我应该没有猜错，因为我是他的人形软件，他的分身。我的思路，就是继承自他。他是黑客，给了我不少麻烦，我应该讨厌他。可是，他毕竟还是我的主人。没有他，就没有我。

　　我又想起他另一篇日记——我最喜欢的一篇。

日记 · 餐厅管理程序

如果你只能请一个酒保，你会请男的还是女的？

请漂亮的女酒保，你可以招徕男顾客；请俊朗的男酒保，你可以吸引女顾客，也因此吸引男顾客。

餐厅管理程序教我的这个秘诀，是在大学的管理课程里学不到的。可惜来记只是面店，并不是酒吧，没有多少食客会慕侍应的美貌而来光顾。

如果你开的是酒吧、餐厅，这类程序绝对能帮上大忙。

且再看这个"贴士"：

就算你只是开酒吧，也要准备一点小食，味道不妨偏咸，而且免费供应。你的客人吃得愈多，要点的饮料也愈多。因此，你送出的愈多，将来赚回的钱也愈多。这不是狡猾，只是做生意的手法。我知道好些云吞面店的汤底偏咸，就是希望客人加杯饮料，再赚点小钱。毕竟饮料利钱最深。

音乐也是餐厅重要一环。餐厅要挑选合适的音乐，打造气氛，配合整体风格。你不会在高级餐厅播R&B，也不会在茶餐厅放古典音乐。什么音乐适合云吞面店？我认为没有，只要开收音机就可以了。

不过，还是要说，餐厅管理程序始终来自外国产品，针对的是外国市场，还没有考虑到照顾本土饮食文化，或者像来记面店这种小本经营生意。我们卖的食品种类不多，主打的只有云吞面，食客进来前已经知道要什么。也由于食品供应种类不多，要库存的食物原材料也不会太多，不会对流动资金和食材构成压力。

来记还有一样很好的优势：昔日没有多少人流的旧区，如今有新发展。电车路是大街，变相拥有上佳的地理优势，难怪发展商千方百计要收购我们。

餐厅管理程序虽然不怎样适合来记面店，但它还可以提供模拟环境让用家体验经营餐厅到底是什么一回事。这程序宣称，只要参加他们为期十星期的课程，累积下来的经验，可以比在餐厅工作十年还要多。

我用了大概两个星期，便已觉获益良多。真的，比在店里两年，学得更多，也更快。有了这程序，我很有信心可以拯救来记面家。

我　　机　会

　　拯救来记？主人已经无法拯救来记。唉！

　　我拿起筷子，准备夹起面条来吃时，汤碗不见了，筷子不见了，桌子也不见了，我整个人也掉到地上。店里的灯光熄掉，回归黑暗，变回冷冷清清。

　　大概主人安装的只是试用版的顾客环境互动程序，不只功能有限，使用期限和次数有限，连每次使用的时间都有限。

　　一阵音乐响起后，一个发亮的女子站在店中央，用响亮的声音道："如要体验更多现场环境来调校餐厅管理，请购买完全版。凭我手上的折扣券可获8折优惠。"

　　一道光环从地上冒上来，在她身上绕了一圈，伸长后变成一串资料——餐厅管理体验公司的名字和网址。

　　我果然没有猜错。

　　虽然阻力重重，主人直到生命最后一刻仍然想好好重振来记，他已在网络上付诸实行，所欠的，除了机会，还有时间。如今，他已经没有机会和时间实现自己的梦想。

主人死了，商店也死了，一切始于梦想，最终也只归于梦想。来记如今仍然冷冷清清。

——如果，我能好好活下去，甚至，拥有一个机械肉身，变成人，去到现实世界，也许，就能实现他的遗愿！

——可是，谈何容易！

"你果然在这里？"

我身后突然多了一把声音，猛回头，见暗影已站在店外。

不必多说，来意绝对不善。

"没想到你会像臭虫般缠身，阴魂不散。"我也不客气道。

"我也没想到你不敢正面和我好好打一场，只是没命的逃。你不敢走到店外来吗？"暗影说："要不要我走进来把店捣毁？"

我知道暗影讲得出做得到，大步踏出面店。

"现在只剩下你和我，你怎么还不出手？"

"你逃得有多快？你根本无法逃离我掌心。"

"你为什么要追杀我？"

"这是我接受的指令。"

"为什么会有这一道指令？你有没有想过？"

"我从来不想这问题。"

"毕竟你只是个按指令行事的程序。"

"你何尝不是一样，你以为你来到这里是因为自由意志？你还不过只是一个人形软件，只是执行命令。"

"我没想到自由意志这字眼会出自一个没有自由意志的人形软件之口，你侮辱了'自由意志'这字眼。"

暗影笑道："我们都是人形软件，彼此彼此。"

"难道你没想过你是谁？或者应该说，你的主人是谁？"

"我的主人是谁，是我自家的事，对你来说，一点也不重要。"

"不，非常重要。你的主人，就在这里。"

"你说什么？"

"你的主人，就是开来记面家的人——"

暗影没等我说完，已抢白道："别骗我，我知道你的背景，知道你的一切事情。我和你没有关系，不，我是杀手，你是目标。"

"没想到你这么关心我。"我冷笑一声。

"别想太多了，我只是要拟定解决你的方法，我并不关心你。"

"难道你也知道我的主人，也就是你的主人，你和我都有同一个主人。"

"我的主人是黑客，是网络上的职业杀手。"

"你见过你的主人没有？"

　　"与你无关。别妄想博得我的同情心，我并不是人类，你的策略无效。难道你以为你说这些话我就会相信你？你别绕圈子，有话快说，有屁快放，我只给你五分钟，仁至义尽。我会好好听你的遗言，就当是我对你的一点施舍。"

　　我没有谢他。

　　"我的主人有两个身份，一个是要继承祖业，想尽办法拯救面店，也是人所共知的身份；至于另一个，则是网络上的黑客，在网络世界里参与黑客组织。多年前，主人在攻击狮子银行的行动时，心中有气，甚至干下黑吃黑违反帮规的行动，结果黑客组织的核心成员很不甘心，于是派人追查他的身份，一直追到香港来。岂料，他发生意外身亡。"

　　"他们怎会找到他？"

　　"天知道他们用什么法子！他们连你也能做出来，自然神通广大得很。"

　　"你根本不知道。"

　　我说："如果你要答案，最好直接问他们。主人身亡后，已经没有人知道他把钱藏在什么地方。他连遗言都没有，是以连他父亲也一无所知。要知道钱的下落，组织唯一能做的，就是让主人复活过来。"

　　"他们怎知道他父亲不晓得？"

"他是连计算机也不会用、与时代脱节的老头。他儿子死后，他除了把计算机卖掉，还终止网络联机服务，以节省开支。再有本领的黑客，也无法不上网就能隔空发功吧！"

　　以上消息，都是我刚才阅读网络新闻得知，也存在内存里，便把新闻抽出，化成新闻纸的模样，拿在手上。

　　暗影问："好，就算你说得通，他们又怎样让他复活？"

　　"简单，我是根据他在网上留下来的日记建立的人形软件，而且是用飓风级的人形软件。你也一样。所不同的是，你是根据他计算机硬盘里留下的数据。你别忘了，他父亲把儿子的计算机卖掉，一定不会懂得格式化硬盘把数据彻底销毁，所以，可以大胆推断，黑帮集团一定找人收买他的旧计算机，尽情钻挖硬盘里的数据，像笔记、浏览记录，还有用过的黑客武器，凭这些蛛丝马迹，用历史沉淀法，强行在网络世界里重塑你出来。"

　　"你有什么证据？"

　　"没有，不过，这是最合逻辑的推论。根据黑客使用的工具、手法、活动，再加上背景，就不离推敲他的心理状况，就像犯罪学上为追凶而建立的犯罪剖绘（criminal profiling）。"

　　暗影没有点头，即使像他这么一个杀手，也具备起码的相关心理学知识。

类似的心理分析程序，在市面上多不胜数，其理论基来自"九型人格"之类的所谓心理学，遭很多专家指责把人类性格简单化和公式化，忽视人类心理的复杂度和层次感。

暗影暗想，如果目标说的话属实，自己就不是一个肤浅的人格替身。他主人虽下了一道命令后就从此消失无踪，却还是有血有肉有理想的人，只是身份有点边缘化。

目标继续道："你我都是飓风级人形软件，比现时在网络上通行的先进得多，聪明得多。黑客组织试图利用我们，重塑主人的心理，要找出收藏赃款的地点。"

"不可能。我们，不，我不认为我和他有什么关系。你也根本不是他，你只是他的模拟，不可能知道他真的把钱存在什么地方。"

"说得好，完全正确。不过，他们一厢情愿认为我们模拟了他的思路后，能够知道答案，结果当然失望。像Lin，便一而再追问我这图案到底有什么意思？"

目标变了个图案出来，问："你也不知道吧！"

"当然不知道，我根本不是他。"

"你错了，你的话只对了一半。我并不是他，你也不是他，我们只是不完整的他。你是主人的黑暗面，我是他的光明面。要把我们加起来，才是完整的他。只有结合起来，才有机会找出真相。"

暗影凭自己判断，目标的话很有可能是真的。只有这样，才能解释大部分疑问。不过，消灭目标是他的任务，是主人留给他的任务，无论如何也无法改变。

"你以为你把几样不相关的事扯在一起，自圆其说，我就会相信吗？你太小看我了。"

"我只是说出真相。"

"毫无说服力的说辞。"暗影冷冷道，"你别以为可以像《天方夜谭》里的女主角般每天晚上讲一段故事吊人胃口来延续自己的生命。我不像人类般有多余而无益的好奇心，我目无余子，只有目标，就是你，把你干掉，而且，你的故事一点也不好听。"

"我们这样只是自相残杀。我们应该找方法结合，彻底还原主人于网络世界，让他实现梦想。如果你能化愤怒为力量，我们要成功就更容易。"

"结合？你以为就像男女之间的结合那么容易吗？如果照你的说法，我也是你主人的一部分，那你就要听我的话。不要逃走，不要反抗，准备变回位。"

暗影甫扬手，准备攻击，不料目标右脚一踏，身子飘后，竟返回店里。

暗影并不想进店里和目标交手，他不知道店里装了什么机关，于是他的手向前一挥，便即弹出金镖。

金镖像一支箭般笔直向前冲，眼看就要刺进店里时，却在店门口遭到一道无形之力挡住，并旋即反弹，刺向侧边。

目标站在店中央，气定神闲，神态自若。

暗影看在眼里，知道这家看来简陋不已的店绝不简单，内里大有乾坤，刚才他射出的金镖拐了个弯后，竟然向自己反扑而来。他不慌不忙，用食指和中指把金镖夹住。

"你这招借力打力，还真不错。"

"过奖。"目标微笑。

暗影料这些防卫程序当然不是原店主人安装，而是目标进店后补上。

暗影双手一甩，手上的金镖变成小圆环，再扬手时，小圆环不是射出，也不直扑进店里，而是朝店面的四角疾冲。

目标暗叫不妙。

几下火光和爆炸声后，暗影的嘴角向上弯，露出满意的笑容。

面店的防卫系统已让他顺利瓦解。这种小儿科的东西，根本难不到他。

此所谓"射人先射马，擒贼先擒王"是也。金镖只是用来试探敌情而已。

我一直留意时间。

根据天照安排，我负责引开暗影时，她则会攻击机械人工厂，估计大概只要再过十分钟左右就可以完成任务。可是，我自己能否再撑过三分钟，甚至一分钟，却很成疑问。

　　"你真的不出来？我要进去了。"

　　暗影一边问，一边举步向前，准备走进店里来。

　　我可以怎样做？虽然我已解开了大部分谜团，可上天并没有给我奖励。我根本无路可走也无处可退，更无法打败暗影，实力相差太远了。甚至乎，就算能离开，暗影大概已布下天罗地网，就算我跑到天涯海角，他都有能耐在几分钟内逮住本人。

　　——我几乎就能从机械人工厂里重生。

　　——只是差一点点时间。

　　——更差一点运气。

　　——为大局着想，只好如此。

　　——没关系，"我"还是会活下去的。

　　暗影大踏步走进店后，仔细扫视了一眼，不觉有异。只要终结了目标，就完成主人委派给他的任务。

　　——然后呢？我还有什么任务？

　　他没有多想。

　　——不必想太多。我只要完成主人留下来的任务，释放自己尚未完成任务的压力，一切就功德圆满。

灵 . 魂 . 上 . 载

　　暗影心想快能完成任务时，突然有好些东西向自己身上扑来。

　　他早就知道这店古怪得很，也不敢怠慢，连忙举手一一抵挡，把这些打到地上。

　　暗影斜看是什么。原来是些碗，盛面用的碗。

　　——幸好是些攻击力不强的东西。

　　——可以拿碗来做武器，总不会连面条也变成武器吧！

　　他的想法犹在脑海时，果然就见面条从碗里冒出来，迅速爬向他的脚，很快缠住了，并像蛇般沿小腿爬上去。

　　暗影先右后左，两脚连环向前踢，便把脚上的面条踢走。

　　——也是些攻击力不强的东西。

　　——除了浪费时间，根本没有杀伤力。

　　他问目标："你还有什么话要说？我可以做你的死者代言人传达遗言，仁至义尽。不过，只限一句。"

　　目标闭上眼睛，沉思了一阵，仿佛在重温这辈子的经历，半晌后才重新睁开眼皮。

　　"我和你是一伙的，要死也要死在一起。"

　　暗影一愕，还没来得及反应时，已听到轰然一声巨响。和人类不同的是，程序是在全身消散后才失去反应，所以他可以目睹自己的死亡。

一道道火光从墙壁从天花从地板喷出来，仿佛沉船时海水从四面八方涌入船舱内，令人无从招架，只有死路一条。

　　六道火光从不同方位冲出，同时把目标扑倒，迅速把他吞噬。暗影的后脚刚跳起，要逃到店外，但火焰已迎面而来，化成一个巨大无比的手掌，一手把他完全握在掌心。

　　面店如今变成地狱。他也踏上和目标的同一命运，被大火吞噬。

　　——和目标同时死于主人的店里，难道也是宿命？

　　暗影还没来得及细想，已和目标一起在熊熊的数字烈火里燃烧，最后什么也没有剩下来。

　　尘归尘，土归土，位归位元。

　　和铜锣湾911与旺角大爆炸不一样，爆炸声在西环响起时，并没有多少人在现场"共襄盛举"。

变

第

七

部

招

我　　　■　　后　　着

——天照真是个天才。

——后招之后，还有后招。

——暗影肯定万万想不到会有此一招，肯定被她骗得陀陀转。

我离开光栅后，马上去到最近的购物商场躲起来，只要躲一阵，就可以动身往机械人工厂。

——暗影不会追来的。

——他甚至根本不知道我存在。

——全靠"村上病毒"。

自从我在早稻田那边听村上春树所言，把"村上病毒"往身上撒以后，身体便如他所言明显不适，好像有什么东西要从体内冲出来。我感到快要崩溃，快要燃烧，快要爆炸。

我带着不安的心情急急离开，前往光栅。我只知道，光栅是唯一可让我解脱的地方。

当然，我也没想到会在光栅前遇上暗影，并遭伏击，几乎坏了我的好事，但幸好我最终还是顺利进入光栅，让村上病毒发挥作用。

一变二，二变四，四变八，八变十六，十六变三十二……

我想起在旺角唐楼里见到的那段立体影片：易有太极，是生两仪。两仪生四象，四象生八卦。

那时的我，就像细胞分裂。

自我繁衍。

无性生殖。

我在变身三十二时叫停，够了，三十二已经够多了。极限是五一二，但我不应该追求多，状态稳定更加重要。

分身愈多，自身能力愈被摊薄。

我算过了，三十二个分身是最好的方案。

只要有一个分身能潜越到机械人工厂，钻进肉身里，去到现实世界，就算是功德圆满。

所谓"村上病毒"，只是名称，正确来说，是个多任务的分身程序，好让人形软件能分身，同时处理不同的工作。然而，分身不是没有代价。每个分身只会占去单一身份时的若干能力。分身愈多，个别的能力便愈下降。虽然村上病毒会再强化每个个体的能力，但始终有限。

至于为什么这个分身程序会叫做"村上病毒"？据我估计，大概和村上春树的作品阅读人口众多，而且一看即不可能罢休不能自拔有关。村上的书迷会像传染病般一个传一个。只要小圈子里有一个人看过其著作，通过口耳相传的介绍，很快整个团体里的人都会争阅其作品，而且会从一本开始，陆续把所有作品全部看光，热烈讨论，堪比星火燎原。

当初村上病毒是以病毒的面貌在网络上流传，中了毒的人形软件被分解，最后消失于无。由于杀伤力强大，令人闻风丧胆。后来黑客用逆向工程拆解，转变程序用途，成为分工软件，又继而成为恶名昭著的黑客程序"村上病毒"。

大概本身就是病毒，所以"病毒"这两个"关键词"也给一直沿用，保留至今。

为免"村上病毒"的自我繁衍能力失控，也由于此一过程要利用强大的运算能力，黑客们改良了程序最关键的部分，如果要无性生殖，必须利用一个外置的强大工具来启动——

当我逃避暗影的狙击，前脚甫跨过光栅，一道热力即在后脚引燃。一如古希腊神话英雄阿喀琉斯，全身上下唯一要害就在脚跟，一个小伤口即足以致命。我以为自己也有这么一个致命伤，并且无法摆脱暗影最后一击而受袭。

体内的不安一下子猛烈放大、爆炸。

我感到体内有什么东西想要冲出体外。

一变二，二变四，四变八……

原来，光栅就是启动"村上病毒"的催化剂。

"村上病毒"正发挥作用。

我开始分身。

不过，只能维持十五分钟。

时间一够，各分身无论身在何方，都要聚合，把所见所闻所携的数据合并。

无法聚合的分身就会从此彻底消失。

　　经过一轮内爆的阵痛后，我一变三十二。我不知道其他分身去了什么地方。我也不介意他们下落不明。如果我不知道，暗影也不可能知道，对吗？

　　只要好好忍耐多一会，去机械人工厂和天照会合，再找个机械人肉身钻进去，就可以在另一个地方以另一个形式存活下去，甚至，继续主人未完成的遗愿——拯救面店。

　　一条讯息刚传进我耳里。

　　原来是我的其中一个分身，已顺利引诱暗影去到西环的面店，并用一早埋下的炸弹同归于尽。

　　说是"同归于尽"并不完全正确，死的，只是我其中一个分身，我还有三十一个分身——包括我在内——仍活在网络世界里。

　　三十二分之三十一尚存，成绩非常不错。

　　如果主人在现实世界也能分身，那么个体的死亡，并不会叫他本尊真的死掉。

　　只可惜现实世界不能让人如此分身，只有网络世界才可以办到。

　　我不免想起蝶神和魔神教，如果把整个现实世界搬到网络世界，不再受资源和各种自然法规的限制，世界岂不美好得多？

　　然而，这只是我的狂想。

　　想着，想着，冷不防一个我并不愿看到的身影突然站在身前，挡着去路。

竟是暗影！

暗影？！

——这家伙不是已经死去了吗？还是……

我的脑里一片混乱，想不出答案。

暗影一掌拍来，我无法抵挡，把我击倒在街上。

"各位分身：小心，暗影尚在网络世界！"

可是，我来不及发出我的遗言。

暗　影　狙　击

　　路上行人众多，却没有多少人察觉到有凶案发生。他们只道有人形软件可能因为内部程序冲突而在街上定格，只是故障而已。

　　几乎在同一时间。

　　分身三号毙命。

　　分身四号中伏。

　　分身五号被一枪击倒。

　　五分钟后，情况更为惨烈。

　　再有十三个分身遇难。

　　没有一个分身知道发生什么一回事，他们本来以为自己村上中毒后已经成功利用分身大法逃出暗影的魔掌，没想到对方却如影随形追来。

　　他们唯一可寄望的是，暗影只消灭了自己一个，好让自己的牺牲，换来其他三十一个分身的安全。

　　然而，事实却不然，不到十分钟，总共已有二十九个分身被消灭。

又过了三分钟后，死亡名单上再添上一人。

当第三十个分身倒下来时，暗影微笑了。

第三十一号分身步出店时，没想到暗影竟然吊在身后不远处。

——我要终结他。

暗影寻思。不过，如果能暂时放目标一马，放长线钓大鱼，说不定可以换取更大成果。

所以，他决定暂时不出手，静静尾随。

——不必担心目标发现自己被跟踪，他根本不知道我尚活在网络世界上。

一切都托"村上病毒"的鸿福。

成也村上，败也村上。

原来，暗影在早稻田攻击光栅时，虽然光栅具备防守能力，并挡下大部分攻击，但还是受损，再加上目标身上的"村上病毒"发作，使光栅出现不稳定的状况。后来暗影闯进光栅，利用残存在光栅内存里的"村上病毒"自我复制，于是也衍生出三十二个分身出来。

目标一分三十二，暗影也一分三十二，循情报一一去狙击。

——该去机械人工厂了。

三十一号分身穿过光栅，赶赴目的地时，没想到暗影正在身后。他自己正做引路人，带领暗影前往不该去的地方。

天　　　　照　　　　　厂　　　内

要攻克香港机械人工厂网络上的保安系统，比天照想象中来得容易，详情也不值一提。

离她和软件约定的时间愈来愈近，她的心情也愈来愈紧张，究竟她心中那个偷天换日的大计，能否顺利实现？

很快就有分晓。

她的目光盯着光栅的方向。

一个人影走出来。

她的心头怦怦乱跳，要是走出来的不是软件，而是暗影，真不知如何是好。

幸好，她的狂想和乱想并没有成真。

来者正是她苦苦等待的人形软件——美男子在网络世界的延续。超越了肉身和生死的延续。只要软件一息尚存，美男子就永远不会死。

不过，只有一人。

过了好久，仍然只有一个。

她期待的其他一众分身，始终不见踪影。

"怎么可能？只剩下你一个？"

"这我可不知道。"

"难道其他人都中伏，无法赴会？"天照不知到底发生什么一回事，但肯定她的如意算盘打不响，便道："如果只剩下你一个，你就不该来这地方。"

　　"什么？不该来？我们不是说要安排我逃命的吗？"

　　"对，不过……我本来……我想……"

　　天照不知该如何说出口时，只见又有一人从光栅走出来。

　　——终于来了吗？

　　可是……

　　他的身形不一样。

　　脸孔更不一样。

　　不！

　　是暗影。

　　走起路来，就像武林高手般，竟然有一股杀气。

　　网络世界里不该有这种东西，不过，在天照眼里，暗影看来就是杀气腾腾。

　　此时，她才有机会好好看清暗影。暗影为方便行动，一直改变外貌，唯一相同之处，就是全部都平凡得很不起眼。此刻他身披长袍，头上戴了兜帽，简直就是死神的模样。

　　暗影饶具深意笑道："原来有这么一台大戏准备悄悄在这里上演，幸好我刚才没出手，否则就坏了大事。"

　　天照才没空闲回应他。如果只剩下一个分身，而且还来到工厂……不对不对，她根本没有想到这状况。她本来一直以为三十二个分身已经保险之至，可以应付各种状况，绝不会出乱子，也不会来到目前的困境。

一时之间，她也没想到怎样解决。

"我不是要进去找个机械人肉身的吗？"软件一再追问。

天照嗫嚅，"是，也，不是。"

"到底是什么一回事？"

天照没时间交代她为了确保软件能顺利逃走到最安全的地方，所以设计了一个更复杂无比的逃亡计划，还以为很聪明，其实是自作聪明，聪明过了头，这回真是聪明反被聪明误，反而误了大事。

就在她不知如何是好时，光栅闪动，又快有一人走了出来。

——难道是我的救星？或者还有一个分身？

那人从光栅出来了。

是暗影的分身。

天照几乎气绝。

一个不够，两个不够……光栅又再闪动，陆陆续续又有人从光栅出来。

全部都是暗影的分身。

天照很快知道发生什么一回事，详情也不难推敲：暗影也村上中毒，她为软件准备的分身大军被暗影逐一狙击，各个击破，差不多已全军覆没。

唯一的幸存者就在她身边。

软件的分身只剩下最后一个，不能再被消灭。

她自己呢？不过是个网络上的分身，就算被消灭，也并不是真的死去，顶多拿个备份出来使用就是了。

——如果能交换就好了。

她想起以前念书时学的成语，不是"将计就计"，而是"死马当做活马医"。

她把分身推进工厂的大门，"进去再说。"

"你呢？"

"我会替你挡着。"

"这怎可以？"

"废话少说，快去找个机械人肉身钻进去，别浪费我的心机。"

分身也不和她争拗，毕竟天照的构造和他这种人形软件不一样，不会就此一命呜呼，不用他费心。

机械人工厂里面比外面看来大得多——网络建筑的特式，就是不必受制于现实世界的物理定律。不过，机械人工厂的外观和实际比例实在相差太远了，真是大得要紧。

——到底该去哪里？

他留意指示牌，不，天照已为他打点好了，连标示也准备好，甚至为他找出快捷方式，他只要跟着走。

可是，天照刚才为什么又说出了麻烦，说他不该来？情况似乎很严重，可是眼前的形势根本一片大好，和天照说的截然不同。

天　　照　　抗　　敌

"你们诡计多端，我不会让你们找援兵。"

暗影说罢，便发了一掌射向身后的光栅。

光栅当即发出光罩自我保护，可是暗影的光掌还是穿透了光罩，而且愈变愈大，最后竟变得比人还大。

光栅一开始时还能顶着，但很快就像受不了泰山压顶往地底沉下去，很快不见了踪影。

不是光掌厉害，这不是什么超级武器，却是暗影第一次使用的新武器，针对光栅的自我学习能力而攻击：光栅还没有"免疫力"才会中招，但很快就会找到解决方案。

暗影自知光栅公司的技术相当先进，自己根本不可能毁灭光栅，但要瘫痪其十几分钟，却不是离事。

如今，这道光栅已封闭，再也没有人可以利用其出入。要来这工厂，只好从其他地区步行前来，然而，工厂在网络世界里位置偏僻，即使乘飞船赶来，少说也要半个小时。

在这段时间，天照肯定孤立无援。

"你打算以一敌十，不，以一敌三十吗？你有什么本领对付我们？"

一众暗影同时发问。

与其说是发问，其实更像嘲笑。

天照也没有胜算，不过，她很清楚，中了"村上病毒"分身后，每个分身只占原来单一个体的若干力量，即使加起来，也不及总体的来得高。

一念及此，她自问本领虽不及暗影，但在当前的环境，暗影一化三十二，实力加起来，她未免就斗他不过，也许还可以一拼。

"怎样？你真的打算和我斗上一斗，自以为真的有胜算？"暗影问。

天照没有理会他的话。

——这家伙废话还真多！

而且，她的真正目的——他并不知道——不是要打败他，而是拖延时间。

目的不同，采用的战术自然也不一样。

话虽如此，她还是没多话，没采用废话拖延的战术，就像她白天的模特儿工作，动用的是肢体语言，是行动，而不是对白。

天照手底射出一道寒光，却不是朝暗影发射，而是往她身后。

未几，她身后的工厂大门便变了戏法，从一变二，二变四，四变八……

一直变了六十四个。

"'村上病毒'也能这样用吗？真是大开眼界。"

暗影没想到天照重施一次村上病毒。

——这不是村上病毒，只是看来类似的东西。

天照没开口响应，只返身进入工厂里。门关上后，六十四道门像洗牌般，上下左右不断移动，而且愈动愈快，叫人眼花缭乱（即使暗影也看不清），过了一阵才停下来。

哪道才是真正的大门，已没有人说得上来。

我　　　　　　　　上　　　身

机械人工厂内。

我，三十一号分身，毫无困难找到"机械人陈列室"，而且，不只是找到，而是已走进去。

所有保安系统都已给天照解除了，好让我畅通无阻。

去到目的地，果真是陈列室，一排十多个机械人陈列在里面，全部属不同型号，处理不同工种。

天照早已给我挑好了最恰当的一个。不知道她是用什么准则。大概是中规中矩的型号。太高阶的，怕我未必能驾驭得来；太低阶的，功能可能非常有限，连简单的工作也无法胜任。

我找到机械人肉身的入口，滑了进去，轻易破解其防卫系统，大举入侵，继而占据其操作系统，并实时改动其程序设计，好让它能完全配合我的想法。毕竟，人形软件要控制机械人，中间有太多接口上的问题，时有冲突，并不容易克服。我可不想装作人类在路上行走时竟会突然滑倒，到时还真难看死了。

　　只要再过几分钟，我就能变身机械人，从网络机械人
变身真正机械人，去到天堂般的现实世界。

　　可是……我……我……

　　我陷入深渊里，万劫不复！

　　我……

　　**——我终于知道天照的顾虑是什么了！我不应该来
这里！**

　　软硬件之间还有太多冲突。

　　不过，既然已来了，就只得硬着头皮顶下来……

工厂门口变成六十四个，暗影的分身才不过三十个，数量还不及一半。

暗影心想，天照可能留前斗后，把主力安排在里面，要把他的分身逐个击破。

他不敢贸然进人。

——村上病毒真有这么厉害，可以把门口也六十四变么？

暗影实在怀疑得很。

暗影放出侦察程序来试探六十四道大门后的虚实，也就是深度，不出所料，除其中一道深不见底外，其他六十三道都只是装模作样的空壳。

——果然，她并不是使用"村上病毒"，也不是使用分身大法，用的，不过是掩眼法。

——还以是什么大本领，原来只是这种雕虫小技！

他不屑于浪费时间去一一破坏这六十三道虚有其表的假门，而是直接奔进唯一一道真门里。

三十人如一个小型军队般操进门里。岂料，进了真门后，一行三十人又看傻了眼。

里面竟有百多个房间,以单一层数计。

——同一板斧连使两次,只证明你技穷了!

他再次放出侦察程序试探,岂料回报的结果竟然是——

全部房间都是真的!

至于机械人肉身在哪?侦察程序功能有限,无法一一查证,只能叫暗影亲自去查。

——全部房间都是真的?

不奇怪。这也是建筑布局上的防卫设计,用以混淆视听,拖延时间。

暗影细想,他此行目的并不是来窃取情报,而是来终结目标,不必花时间逐一搜查。万一目标已钻进机械人肉身,去到现实世界的话,以后就更难找他了,他能完成任务的机会近乎零。

既然确定目标是在工厂里,就一切好办。

——对了,就用这方法,别浪费时间。

他没时间环视四周,他对网络世界并无留恋,只想尽快完成主人留下的任务。

是那个愤世嫉俗的主人,不是那个叫他留力的主人。

做事要义无反顾,不该犹豫不决。

暗影一众三十个分身彼此相顾,同时点头。

他们同时自我引爆时,并没有想太多。任务就是任务,设下来就是叫他实现。不管是"目标为本"(target-oriented)还是"成绩为本"(result-oriented),意义一样。

当下的做法最好，他不必为消灭目标后还要苦苦追寻下一个生存目的而烦恼。他只不过是人形软件，为什么要像人类般思考存在目的这种形而上学的问题？这已不只是多愁善感，而是自寻烦恼自讨苦吃。

　　他想解脱，甚至，涅般槃。

　　他只想让尘归尘，土归土，让位元回归位。

　　毁灭这世界。

　　也毁灭自己。

　　数字世界里的熊熊烈火从大门口爆开，杀伤力和在现实世界的版本同样惊人。火舌从地面冲上一楼、二楼、三楼，像一头躯体不断膨胀的怪兽般吞噬这幢建筑物，愈变愈大，最后连建筑物也容纳不下，被怪兽的身体撑爆。

　　就像那个经典的漫画和电影角色——变形侠医（hulk）。

　　几秒后，再也没有东西剩下来。

天　　照　　■　　希　　望

天照没想到暗影会来个玉石俱焚，暗叫不妙，还没来得及想出应急方案，她在网络世界里的身体已被毁，连她本人也给弹出网络世界。她马上试图返回网络，可是，她在网络里的身体已遭暗影彻底破坏，只好取出备份。

要花的时间看似不多，只要一分多钟，但在生死关头，六十秒，甚至三十秒，就足以改变大局的走向和结果。

经历了一阵阻滞，她再次返回网络世界时，和上次联机已相隔五分多钟。

光栅系统运作正常，就是始终无法通往机械人工厂。

暗影果然是把那道光栅瘫痪了。她只能等待，等待光栅自动修复，但少说也要十分钟。不过，就算过了十分钟又如何？网络世界的机械人工厂已遭破坏，软件根本来不及利用这道天梯通往现实世界，到底还是功亏一篑。她只能怪自己，为什么把事情搞得那么复杂那么曲折？她根本只是在炫耀自己的小聪明，结果误了大事。

打从一开始，就不应该叫他去网络香港的机械人工厂。那个地方，根本就没有出路。人形软件也根本不该从那里去到现实世界——他大概直到最后，也不知道这一点。

我　　　　　　冲　　　突

　　听到爆炸声前，我已从网络世界的机械人工厂进了个机械人肉身里。如今，我已不只得到网络世界的机械肉身，而且还去到现实世界，上载到机械人工厂的机械肉身里。

　　换句话说，我已去到现实世界。

　　我，成，功，了！

　　初到贵境，马上试试肉身的性能——

　　大致能控制机械人的活动，缓缓移动它的四肢，果然真的走了起来。工厂的保安系统不会察觉任何异动。刚才我已做了改动，即使全部机械人变成军队正步走出工厂，保安系统也只会默不作声。

　　可是，手脚似乎有点不稳，此外，眼睛看的东西也有点模糊。

　　毕竟，这是现实世界，和网络世界不一样。

　　我的感官系统似乎还没有适应。

　　一个人影走近，说了几句话，但我一句也听不懂，只好问："你是谁？"

这也是我在现实世界的第一句话。

看不到脸孔的人说了一阵话后，我的听觉系统才终于调整过来。

我听到她说："天照……来，我带你离开。"

"你就是天照？"

"快走！"

不知怎地，我觉得她的声音有点遥远，有点机械化，和在网络上听到的有点不一样，但到底是怎样不同，我又说不出来。

我始终看不清她的模样，不只如此，连她讲的话，我再也听不到。

我发现……身体的问题，愈来愈严重……适应力没我想象中的好。软件和硬件之间的协调还是大有问题……题题题题题题题题题题题题题题题。

机械人体内的软件和硬件相冲，内存里的各项程序全部倒下，再也无法启动。

天　照　🕹　三　十　二

　　天照一再试图去网络世界的机械人工厂，试了好久，终于成功。

　　光栅大概终于破解了暗影的"魔法"，一切回复正常。

　　机械人工厂已经被彻底焚毁。不像现实世界里大火过后建筑物还有个骨架，在网络世界里却什么也不剩。

　　奇怪的是工厂还没启动自动修复程序，难道要等到第二天相关人员检查后才重建吗？又不是现实世界里的犯罪现场要等警察和法医一干人等来搜集现场证据。网络世界里有计算机记录档案可翻查，真是奇怪的管理方式！

　　不过，她深信她身上的反间谍程序会尽忠职守，确保没有丁点网络指纹之类的证据留下来成为线索。

天照双耳突然微动，探听到有些不知名的讯息在身边流动，而且故作神秘。她启动间谍窃听程序，把来往的情报一一接收、解密。

　　不是所有情报都能顺利解密，她只知道情报来源，但已经够了。

　　她嘴角露出微笑，返回光栅。

　　暗影三十二号奇怪怎么无法和其他分身联络，音讯全无，仿佛他们已经从网络世界上消失。

　　情况有点诡异。他不敢轻举妄动。

　　——难道有什么秘密行动？而我竟给排除在外？

　　暗影三十二号虽有此一想，却没有异心。毕竟，人会自打嘴巴、自相矛盾、自我蒙骗。人性比较复杂，程序却比较单一。它只是自己的分身，而自己绝不会出卖自己也不会背叛自己。

　　——如果他们没有出卖我，也有可能是出于战术上的需要，要牺牲小我，成全大我。

　　——大伙儿不会撇下我，绝无可能。既然无可能，他们一定出了什么事。

　　——我要去看看。

暗影三十二号朝光栅方向投了一眼。

——不，我的责任是跟踪。

根据指导原则，他应该继续执行原有的任务，而不是违反，可是，如果原则错误的话，也许就要修正。不修正的话，他无法离开现在的岗位去机械人工厂看个究竟。

他突然停下脚步。

不是他自愿停下来，而是被迫停下。一个以子弹形式包装的强大计算机病毒在毫无先兆下射进他的后脑里，并旋即刺激他身上的防卫系统。暗影三十二号倒下前，幸好还来得发了一个讯息出去，以警告其他分身小心刺客。

大街上人来人往，却没有多少人关心他。不是人心冷漠，而是在网络世界，程序突然定格甚至倒下，是常见的事，不必大惊小怪。不过，对走到暗影三十二号身前细看的天照来说，却是值得好好庆贺，暗影的最后一个分身也终于让她解决了，她再无后顾之忧。

原来， 刚才那三十个暗影在机械人工厂那边瘫痪了光栅， 使这个暗影三十二号分身和他跟踪的目标无法准时赴会，结果只好留在原地打滚。幸亏如此，错有错着，天照的计划才有一线生机，不致全盘破产。打造那颗子弹的黑客程序，便是她毕生功力之所聚，不容有失。果然，一发就解决了三十二号。

如今，天照要找落单而且还不知道发生什么一回事的那个人形软件的第三十二号分身，带他去她一早准备妥当的地方。

　　也是他现在真正要去的地方。

変 第八部 身

东　亚　之　狼　▪　收　获

　　狼从午夜起一直坐在计算机前，不知不觉，天已大亮。不知道是新闻封锁、自我审查、滞后，还是其他什么原因，他们已有两个多小时没有收到暗影的新闻或者其他消息，仿佛他已在网络上被消灭得一干二净。

　　不太可能吧！暗影可是他见过攻击力最强的人形软件，甚至，不受控制。

　　暗影的结构非常复杂，其思考模式来自那个背叛他们的黑客，从其攻击模式反向推算出来，有不顾一切和愤世嫉俗的毁灭性倾向，甚至带点自毁成分，这算是第一个人格，属于先天。

　　由于难以控制，所以他们加入了第二个人格，让他们可以在后天上控制他，左右其思考方式和人格特质。

　　两种人格本身就互相冲突，最后连人工智能的模糊逻辑（fuzzy logic）也处理不来，终于失控。

　　毕竟，你要控制人，必然遇到反抗，不管对方是一个民族，或者只是一个人。

　　到底暗影的人格结构为何？如今连狼也说不上来，大概就和人类一样，出现精神分裂的状况吧！

　　他们也找了香港的黑帮派人去机械人工厂去找那个日本女子。

　　他们还说，保安人员抗议保安公司削减时薪至不合理甚至可耻的价钱，在当天集体罢工。

　　机械人工厂无奈下，只好让计算机保安系统代劳，顺便证明自家产品可以胜任人类的部分日常工作，希望打响招牌。

　　可是，黑帮根据现场环境来看，保安系统已被破解，而且怀拟女子已来了也走了。

　　到底发生什么一回事，没有人说得上来。

　　不过，暗影在消失前，发了一则讯息出来，留在邮箱里。

　　一幅图片，黑白图片。

　　疾风刚好爬起身来。比起狼，他可无论如何每天晚上都要睡六个小时，绝对不能捱通宵连续工作。狼常说他先天上就没有做黑客的体质，偏偏疾风的黑客本领比狼还要厉害得多。

　　有时，他觉得这个副手还真不简单。

　　疾风一见放大投射在墙上的影像便问："是什么鬼图片？看来只是一幅风景图，而且还是黑白。"

　　"不，说不定这是暗影的死前遗言，指出那笔钱的下落。"

　　"可是单凭图，根本查不出什么来，即使用图片比较，也不会有结果。用图片搜寻，比用关键词复杂得多了，需要更强大的处理器。一般个人计算机，只能应付私人相片簿那种有限的搜寻功能和数量，大规模一点的已无法胜任。"

疾风把图片下载，用照片处理软件开启，放大，摇摇头后，再换另一个软件，不满后又再换，先后换了五次，一个比一个功能强大，一个比一个要花更长的时间启动。

"图片上没有密写数据，根本不是图像密码。"

疾风自言自语，也没等狼回答或征求狼的意见。

"不过是张图片而已。"

"不，不会只是张图片。暗影是我们见过最厉害的黑客之一，绝对不会贸然传张图片过来，而且还是寄到邮箱里，要是中间遭人截获，或者修改，就没有意思。这是他的死前遗言，肯定绝不简单，绝不能只看表面。"

疾风喝了口薄荷茶后，灵机一触，开了个黑客程序，加载图片，再下指令，先计算图片里黑色像素的百分比，再找出黑点的分布位置……

狼看不出疾风在干什么，只知道程序开始处理图片，慢慢把它分解，只是过程很慢。

两人决定先去广场那边找家游客餐厅吃饭，那边的食物还是比较对胃口。

他们一致觉得，如果破解图片是场硬仗，更非要好好吃饱不可。

这一餐，两人吃了整整一个多小时，是西方的口味：炸鱼炸薯条，配上可乐。阿拉伯人政治上反西方，文化上也可以反西方，但不抗拒赚取欧元和美金。

餐桌上，狼在心里盘算，疾风则在玩手机。两人一直无话，默默进食。

——如果真敲到一笔大钱，就要想办法对付疾风，甚至把他除去。

——给他一半？当然不行，他只是工具，留三分之一给他已嫌多了。

两人返身计算机前时，图片已给分解完毕。

狼问："怎么多了一堆文字？"

"不是多了一堆，而是变成一堆。这是很老套的情报传送方法，远在个人计算机普及前已出现。间谍把文字或者数字转化成图片，如一张个人照，或者世界地图，或者根本就是把设计图藏在图片里，成为图中图，接收的人员就要把图片用人手的方法拆解。现在这麻烦的功夫可交由计算机去做。"

疾风答，像老师给学生上课般。

狼以前好像听过这种手法，只是没想到自己会遇到，更没想到亲身遇到时竟然不知情，只视之为普通图片。

"好了，现在变成文字，可是我一点也看不明白。"

"这种文字是汉字，也是这张图片里真正隐藏的密码。"

疾风又给狼讲解了汉字由中国传去日本的历史。狼始终不明白怎么中国和日本都是用汉字，结果变得两不相同，还真复杂。难怪两个国家老是剑拔弩张！

一切来得太快，狼甚至没有怀疑疾风怎会懂这么多，怎会突然变得聪明起来。

　　怎会变得有点不一样。

　　"暗影怎会给我们传汉字？"狼问。

　　"你看方圆十公里有多少人看得明白汉字？说不定他们连这些是汉字也不知道。"

　　疾风边说边用翻译软件把文字译成英文。

　　"BINGO!"

　　疾风的嘴角挂上笑意。

　　这段文字翻成英文，就是一段再简单不过的讯息。

　　原来当日那叛徒打劫狮子银行，把钱私吞后，通过很复杂的手法，存在海外十多家银行里，只要亲身去到任何一家分行，报出账户号码，和另一组密码，就可以动用这些钱。

　　总数是一千万美元——比他们想象少很多很多。

　　密码，就在译码后的一排排二十位长的数字——用中文写成，而且是极其复杂的中文。

　　"暗影是怎样找出来的？"狼问。

　　"只有天晓得。"

　　"可惜他似乎已被毁，我们无法问他。"

　　疾风不以为然，"这更好，我们无法问他，别人也无法问他，只有我们才知道这秘密。"

狼愈来愈觉得疾风的话很有道理。

疾风按回车要把文章印出来，可是……

"打印机好像坏了。"疾风再骂了句脏话。

"还真是墨菲定律。"

"对，凡是可能出错的事均会出错。机械这种东西还是不可靠。"

狼觉得疾风懂得破解密码，未必懂得操作机器，"换我来看看。"

他也该证明自己的价值和本领。

疾风让出身子，好让狼能上前检查打印机。

疾风问："你可以把这些数字全部记下来吗？"

"当然不行，我又不会图像记忆法。你以为我在脑里装了个摄影机吗？"

狼背对疾风，打开打印机。

——没有纸卡在里面。

"一切看似正常。再试一次看，要是不行，就到街角的打印店……"

狼还没说完，后脑就遇到重袭，他马上倒在地上，失去知觉。

疾风移开倒在地上的狼后，没花多少功夫，已毫无困难把所需数据印出来。确认没错后，即登入狼的邮箱里把电邮账户取消，又把狼的笔记簿型计算机取走，执拾细软后离开。

行动之快速，和平时表现出来的慵懒，大有天渊之别。

　　在往机场途中，用手提电话购买往巴黎的机票。即班。

　　终于可以离开马拉喀什，告别摩洛哥。

　　他和狼是在一年前离开乌克兰来到摩洛哥，因为乌克兰有天然气，俄罗斯觊觎已久，局势很不稳定，所以只好离开。

　　摩洛哥是犯罪天堂，所以他们搬来，建立自己的黑客组织。

　　攻击对象当然是中国的金融机构，钱多嘛！全世界最有钱的人是中国人，最财雄势大的机构是中国银行，最强大的国家是中国。

　　不针对中国，难道还对付美国？二十年前还可以，现在，不行了。

　　组织本来没有名字，不过，为掩人耳目，所以取名为"东亚之狼"，原本应该叫"东欧之狼"的。

　　他们在网上招揽的黑客，也以东南亚、印度、巴基斯坦和日本人居多，好让人家以为他们的基地在亚洲，绝不会联想到非洲，更不会想到首脑是乌克兰人。

　　其实，乌克兰的计算机科技非常发达，而且还有大量人才，获欧洲的公司挖角，自然，也有大量黑客，在世界各地犯罪。

原因：这个国家太穷，政治也不稳，吸引不到外国资金。

所以，就算他发了大财，也绝不会返回乌克兰，宁愿留在西欧，最好是地中海的城市，如克罗地亚的杜布罗夫尼克（Dubrovnik），当地有"亚得里亚海之珠"的美誉，但离邻国波斯尼亚和黑山太近，未必安全。

目前的变化来得太快了，一时还没有准备。没关系，来日方长，他可好好规划未来。有钱傍身，没有地方会拒绝他落户。

八个小时后，他终于回到欧洲，巴黎。

虽然他可以在巴黎提款，但此地治安始终不好，他宁愿到瑞士才行动，然后在当地落户。瑞士的中立国背景让他比较舒坦，引渡条例则视乎原因：如果和钱银有关，执法部门绝少和财主作对。

疾风坐在巴黎的地铁里，突然想起狼。

无论如何，他都应该醒来了吧！狼一定没想到自己会反扑。其实，自己并不是临时起意反扑，而是一早就部署好了。

疾风自知只熟悉技术上的细节，但没有动员和组织能力。他要找个顾问（或者中国人说的军师）替自己出谋划策，指点迷津。不过，到了最后，他一定要把这顾问去掉。两个人知道的，就不是秘密。

疾风没特别去想，但这也是一种"黑吃黑"。

我 真 正 复 活

　　仿佛是电影里常见的情节，主角经过一轮折腾后终于又再醒来，人生又展开新一页。

　　我也不例外。

　　只是，醒来的地方我同样并不熟悉。

　　我本来就是要去机械人工厂，找个肉身钻进去，从网络世界通往现实世界。不过，中间波折重重，事与愿违，我没去到机械人工厂，天照在最后一刻，叫我去另一个地方。

　　结果就变成这样，就是这里。

　　既不是真实世界，也不是网络世界。

　　我也好像多了一个身体。

　　不过，我意图举起手脚时，并不成功。手脚的感觉很遥远，头也无法转动。

　　要是有人告诉我，以前的经历全是假的，不过是计算机植入的虚假记忆，我绝对会相信，而且毫无疑问。

Z3D

　　当然，这不是事实。我的经历全部都是真切确凿得不得了。

　　不知过了多久，我听到一把女子的声音，却不见人。

　　"我是天照。"

　　是我熟悉的天照！她没有骗我，也幸好我一直相信她。

　　"欢迎来到日本。"

　　虽然我对她所知不多，但我就是相信。

　　"日本？你是怎样把我运来日本的？"

　　"运来？为什么要运来？"

　　"我不是把我上载去香港的机械人工厂了吗？你在机械人工厂里准备了个机械人给我，来个里应内合，让我去现实世界？"

　　"不错，我是准备了机械肉身，不过，不代表亲身去香港机械人工厂的，一定是我。"

　　"她是谁？"

　　"是服务公司的女服务员，她只是听从我的指示行事，往香港，去指定的地方，做我指定的事情。"

　　"你没有过去香港？"

　　"当然不会，我不可能暴露我的身份。我觉得他们是在找我。"

　　"你怎会这样想？"

"其实很简单，他们的目的就是找出那笔钱来，可是，人死了，你无法从棺材里把他叫出来问话。幸好，人形软件成熟了，让他们可以先后还原出你和暗影来，希望可以查出什么，但结果当然大失所望。后来，他们大概想起我和你主人在狮子银行里有点互动，而且他还救了我，就以为我们是同党，也以为我应该知道钱的下落，所以，再安排两个人形软件在网络上互相追杀，意图引我现身，要好好对付我。所以我索性将计就计，雇用替身，让他们在航空公司的乘客资料里自以为找到我，怎也没想到我的真身根本没去香港！"

　　天照那天拨的紧急电话，就是打给服务公司。虽然指示的内容复杂，而且时间很急，但她们还是能一一办到，非常专业。

　　"所以，这里就是日本机械人研究所？"

　　"不，是我家的计算机里。"

　　"你之前不是说——"

　　"那只是烟幕。日本机械人研究所的保安系统太强，我根本无法闯人。就算闯得进去，我也无法把机械人带出来。幸好他们把机械人内部运作的软件部分委约其他公司负责设计，再外派给自由身的程序设计师编写，而我，就是其中一个。"

　　我不禁道："有这么巧的事！"

　　"不是巧，日本最顶尖的计算机高手，就是那个小圈子里的人。你身处的地方，其实是一个软件，是个模拟环境。这样一来，你和身处在机械人里面没有两样，不，是更好，你不必担心硬件和软件之间出现冲突。"

我恍然大悟。

"因为要去的是你家的计算机，所以才大布烟幕。"

"当然，他们细心找的话，要找上门口有什么难？他们连你主人在香港也找得出来。我要大费周章行调虎离山之计并掩人耳相，原因正在于此。"

"所以，你叫我别去工厂，因为就算去到，就算能解决软硬件之间的冲突，也会遇上埋伏。"

天照道："完全正确。"

她随即拿了个心智图给我看，是她本来拟定的计划。

"这种东西也要画图？"

"我是日本人，喜欢用图像表达想法。"

天照原本的计划

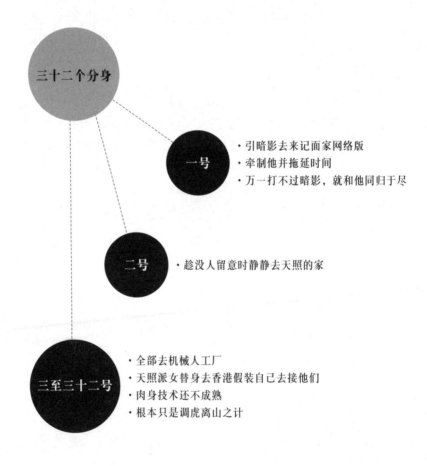

三十二个分身

一号
・引暗影去来记面家网络版
・牵制他并拖延时间
・万一打不过暗影，就和他同归于尽

二号
・趁没人留意时静静去天照的家

三至三十二号
・全部去机械人工厂
・天照派女替身去香港假装自己去接他们
・肉身技术还不成熟
・根本只是调虎离山之计

天照实际执行的计划

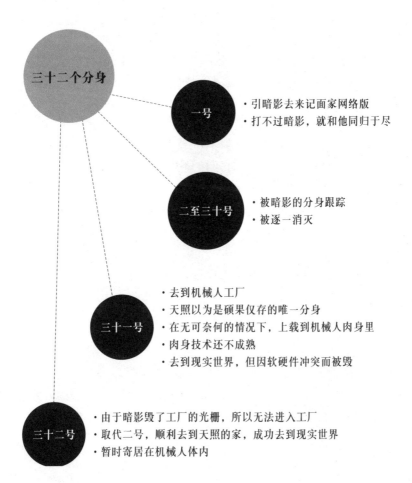

三十二个分身

一号
- 引暗影去来记面家网络版
- 打不过暗影，就和他同归于尽

二至三十号
- 被暗影的分身跟踪
- 被逐一消灭

三十一号
- 去到机械人工厂
- 天照以为是硕果仅存的唯一分身
- 在无可奈何的情况下，上载到机械人肉身里
- 肉身技术还不成熟
- 去到现实世界，但因软硬件冲突而被毁

三十二号
- 由于暗影毁了工厂的光栅，所以无法进入工厂
- 取代二号，顺利去到天照的家，成功去到现实世界
- 暂时寄居在机械人体内

我仔细研究了图后道："我三十二号本来的任务是送死，只负责在机械人工厂调虎离山。一众三十二个分身里，只有二号才应该去现实世界修成正果。"

　　天照道："不幸，二号至三十号都被杀。"

　　她又抽了另一张心智图出来。由于暗影也分身一变三十二，破坏了天照的原本计划，结果她不得不因应变化而调整计划。

　　"不过，你还是叫三十一号去了工厂，他也真的钻进了一个肉身里，可惜，最后还是失败了。"

　　"对。当时我还不知道你尚在人世，找到你后，就叫你取代二号马上去我的家，不再顾忌会否暴露我的所在了。"

　　我点头。

　　用滥用到失去力量的说法，就是"接下来的事情，都成历史"。

东 亚 之 狼 ■ 苏 黎 世

疾风抵达瑞士苏黎世时，已是晚上，不得不找家酒店住一晚。他在几条大街上找，没一家酒店是便宜的，房租一天抵得过在马拉喀什住一个月。

——不过，老子很快就有大笔钱到手，一点也不介意提早享受奢华。

在酒店听到服务员不纯正的法语时，才想起瑞士这国家虽然有四种官方语言，却没有一种是英语。法语、德语和意大利语来自三个邻国，剩下的一种则是瑞士自己的土话。

第二天一大清早，他换上比较像样的服饰，去银行准备迎接人生重大的转折点。

出到酒店门口，竟看到三头大象从街口沿着大马路走过来。瑞士本土不会出产大象吧！他知道非洲有象，但在摩洛哥从没见过，倒是在瑞士见到，真叫人啧啧称奇。

等象群走近了，才知道是什么一回事，原来是马戏团的宣传活动。他笑了笑，步行去商业区。他昨晚确认了位置，只要走二十分钟就到达银行，所以，他决定不乘车，宁可走路过去，好好享受这段路程。苏黎世是很适合散步的城市。

银行确认了他的身份后，安排了一间贵宾室给他，还奉上红酒和小食。疾风没想到瑞士银行的服务竟有如此高的水平。坐在真皮沙发上，聆听柔和的音乐。这笔钱袋袋平安后，他再也不要做黑客，安安稳稳过下半世就好了。

　　不知狼现在怎样？大概在捶胸顿足吧！黑客永远是黑吃黑的行业。经过这一课后，狼会永远记得，黑客是边缘角色。你要做坏人的话，就一定要坏到底，不能稍有善念。就算出卖父母兄弟，也在所不计。

　　疾风想起父亲提起以前在苏联时期的家庭。党是最大的，国次之，家庭最小也最不重要。为了伟大的党和革命事业，你得随时指证叛国的家人，任何阻碍国家前进发展的都是人民公敌。

　　只要等钱到手——他一早就想清楚了，规划好了，连做梦时想到也会哈哈大笑——他会开个投资账户，就算每年回报只有4%，已经足够他好好过下半辈子。

　　门再次打开时，他准备迎接美好的未来。

　　岂料——

　　进来的不是银行职员，而是一群警察，重装，全部持枪。

　　枪口不约而同对着疾风。

　　疾风马上举起双手。

　　脑海里一片空白。

不，他很快想起年幼时常听父母回忆活在苏联时的生活。秘密警察会在天亮前的一刻，在个人防范最脆弱的时候闯进叛徒的巢穴里，把里面的人全部带走，不论男女老幼一个不留。然后，这家人就会在一切政府档案里消失。同事、邻居和其他相识的人也不会再提及，他们会自动在脑海里删去相关记忆，仿佛这家人从来没存在过。

白色恐怖的可怕，疾风如今完全领会。

真是可怕，杀你一个措手不及。

是狼，一定是狼出卖他，他才是真正的"黑吃黑"。

图片是张完美的陷阱，引他上钩。

疾风再一次被"黑吃黑"。

很有可能，是最后一次。

天　　照　　██　　报　　复

　　天照把黑客在苏黎世银行落网的新闻念给我听。

　　我身处的模拟环境，属封闭型，无法连上外面的网络世界。不过，体内的计时炸弹，暂时不会引爆。

　　至于新闻本身，并不够详尽，没有报道来龙去脉，只说一个俄罗斯黑客在瑞士苏黎世提款时被捕。不过，这就够了，单凭这几点，已够天照确认他的身份。

　　我问："所以，还是黑吃黑？"

　　"没错，不过，布局的不是他的同伴，而是我。"

　　"是你？"

　　"他大概拿了我冒充暗影发给他们的情报，我从暗影身上找到联络方法。"

　　"不可能这么容易信以为真吧！"

　　"情报和女人一样，太容易到手的话，都不会好好珍惜。我把情报装模作样做了点手脚，要花点脑筋和时间才能破解，如此一来，他们脑里仅有的一点怀疑，也会一扫而空。"

"你给他们的情报是什么？"

"好几十个瑞士银行的账户号码和确认人密码，我在网上找到的，是属于黑手党和若干国际犯罪组织。我把这些数据转换成复杂的图像，叫他们要花一番功夫好好破解。"

"落网的不是只有一个人吗？可是我觉得他们的核心成员就算不多，也不可能只有一个人。"

"我也有同感。可是事关重大，他们不会像我般找个替身去做。我猜只有一个原因：他们里面真的有人鬼打鬼黑吃黑。你的主人虽说是意外身亡，但和这些人脱不了关系，我起码替他报了个仇。"

"说来，我还是不明白，为什么他们要为我主人偷个十八年前已死的小孩的身份证号码？"

"简单得很，他们要一个真正的身份证号码去欺骗各种系统，偷同龄死人的，就永远不怕穿帮。毕竟，人就算死了，他的身份证号码也不会让给其他人，仍然可以通过数字查证（check digit），一般机构并不会去检查持有这号码的人是否仍在生。"

"原来如此。可是，他们到底怎样找到主人？"

"我也不清楚，推算他们在狮子银行里设下了大量监视和监听系统，知道你主人家里的面店出问题，结果一层层穷追不舍查下去。这个不难，只是花时间而已。十八个月的时间，可以发生很多事。"

我完全同意。

"有这可能，不过，就算是真相又如何？主人已死，他老爸的面店，我始终也无法帮上忙。"

　　"这个嘛，倒不一定。"

　　我听到天照的话夹杂笑意。

男 人 来 记 面 家

　　晚上九点，男人拉下铁栅，准备结束一天的营生。铁栅碰到地上时，发出哐啷的一声，很是响亮。

　　不过，世道仍然艰难。

　　本来"来记面家"就不打算让儿子接手，他比自己有本领得多，应该要有自己的事业，而不是困在一个没有出息的面家里守业。商场上的竞争激烈，到处都是特色店，讲究装潢，讲究人气，讲究市场策略，讲究媒体报道，讲究名人推介，讲究各种男人不明白的东西。

　　像"来记面家"这种只是老老实实卖一碗手打面的小生意，根本没有多少客人。连来打工的帮手，做了几天后，发现别的店家愿意出多一半的工资，也辞职不干。他们甚至不会在乎取回那一两天的工资。

　　"我不要了，反正你也没多少生意，我也没做过什么。"其中一个临别前如是说。

　　男人不知道该不该感激这个年轻人。也许这个新世代其实话中有话，暗指他的店没有前途。他不了解新世代的表达方式。

儿子死了，也就不用守在这个没有前途的店里，与店一样走向没有未来的未来。那是无间地狱。

　　当然，他真不希望儿子就这样死去。儿子已死去三百又十二天，他每天都算着，一天一天加上去，加进心坎里。数字愈大，但他对儿子的思念并无法减少，只是埋得愈深。

　　儿子的真正死因，至今仍众说纷纭。警方说是非法赛车，可是，他反问儿子怎会上了那架据说是黑帮拥有的车子里？他们就无法解释下去。也有传媒为他不值，调查那架保时捷，竟发现车是偷来的，驾车的人背景也不清不楚……

　　街坊认为，根本是蓄意谋杀，地产商找黑帮把他的儿子挟持到车上，再大手笔用保时捷做杀人凶器撞过去，伪造成非法赛车的表象……网络上有大量指向地产商的传言，甚至在社交网站上建立专属群组讨论这件事，抗议地产商为收楼不择手段。

　　但是，始终没有人能拿得出证据来。很多人慨叹，财雄势大的黑手，当然不会让人找到把柄。他们已用钱建立了种种调查屏障，也找了替死鬼。

　　你永远无法打大老虎。

　　真是个他妈的城市，一天比一天腐败。

　　幸好，地产商慑于群众压力，暂时停止收购计划。

　　云吞面店也暂时得以继续苟延残喘下去。

不过，男人知道，就算地产商不收购，总有一天，他自己也会在精神上支持不了倒下去，被死神收购。也许是一个月后，一星期后，甚至，就在明天，一睡不起。

地产商就是要等这一天。

反正他没有儿子，地产商会等到他死后，想尽法子把他的店偷过来——他们有的是律师，为钱出卖社会公义和灵魂的衣冠禽兽。

男人给店铺的铁栅扣上锁头，再把那张历经风吹雨打并因此开始有点残破的请人启示贴在铁栅上。上次贴了五天才有人应征，这次不知又要贴多久。也许，店子不应该再请人，反正也没有多少生意，而且还可以省钱。可是自己有脚患，不能长站，没有帮工，根本无法做下去。

也许，还是索性把面家关门大吉算了。

"爸——"

他听不到脚步声，只听到这么一喊时，惊觉眼前的明暗有点变化，转过身来，发现身后竟站了个年轻人。

——是什么鬼东西？黑社会吗？

——地产公司终于忍无可忍，出动狠角色了吗？

他还记得，儿子死的那天早上，店里只有一个食客，却古怪得很，眼睛一直往自己身上盯，直到有街坊走来说儿子好像被人掳到车上时，怪食客不发一言冲出门口。

事后想来，这人很有可能根本不是食客，而是地产公司"委托"黑帮派来的杀手。

他们准备在一个早上同时解决父子两人。

他们顺利杀了儿子，还伪装成车祸。

不料，怪食客要杀自己时，竟有街坊走进店里，杀手见人多，无法下手，便马上逃走。

男人没有向警方说清楚这一点，只道自己多疑，如今回想，事实大概也相去不远。

如今，地产公司见风声已过，终于又忍不着要出手了。

——来，老夫已身无长物，只剩下烂命一条，要拿请随便。

——我等着和死去的老婆和儿子相会。

"你还请人吗？"

年轻人的问题，出乎男人意料之外。这人的广东话并不纯正，听得好不辛苦，不过，男人还是点头。

年轻人的眼镜好像不太寻常，镜片上面浮现了一些字句，年轻人好像仔细看了几遍后，才道："我明天可以来上班吗？"

"可以。可是，我付不起多少工资。"

又等了一会，年轻人才道："没关系。我喜欢你的店。"

"喜欢敝店？"男人实在好奇，问："敝店有什么好？"

年轻人说了一堆男人听不明白的话，他费尽全力解释后，男人终于知道他说什么。

"好久以前……我来这里吃过……云吞面，好吃极了。"

"谢谢。"

——虽然敝店的云吞面实在不错，但被人如此称赞，感觉还是怪怪的。

男人摸摸自己的头，见过这年轻人吗？他一点印象也没有。

不，他觉得好像有点面善，不是指外貌，而是神态、表情，还有，眼睛发出的光芒。

我　替　身　的　替　身

　　听了杂志报道后，我问天照："你怎样驱使他去面店的？"

　　"很简单，这是我指派给他的最后一个任务，只要他去帮忙两个星期，我就答应和他约会。"

　　"就是这么简单？"

　　"就是这么简单。我说过，他只有外表，脑内空空如也，思想简单，很容易操控。"

　　"不，我觉得一点也不简单。"

　　"那你就要相信，开始时确是我哄他过去，但后来是你主人的面店感动了他，让他做了你的替身，换句话说，做了人形软件的替身，一个替身的替身。这一点也出乎我意料之外。"天照很快话锋一转，问："你现在觉得怎样？适应现实世界了吗？"

　　"还不错，距离现实世界，我又踏前一步了吧！"

　　"不是距离现实世界，你现在根本就活在现实世界里。"

　　我亲耳听到声音传入我的耳朵里，不只她的声音，还有室内播放的柔和背景音乐，也有来自室外，混杂了车声、狗吠和各色各样我还无法说得上的声音。

　　我亲眼看到天照，也看到她身后的室内陈设，看到窗外的风景：放狗的小孩、买菜的主妇、推车子的老人……

　　他们是真实的人类，身体不是由计算机绘图制成，手脚移动也自然顺畅无阻。

　　他们是真正的人类，有自己的思考能力，有自由意志，而不是按程序规定，或根据什么指导原则来行事。

　　他们也没有主人。

　　——当然，你也可以反驳我的话，不过，这已臻形而上学的层次，而不是人工智能的范畴。

　　我有手脚，虽不灵活，却行动自如。

　　我看见阳光洒到我身上，但没有皮肤，始终还是无法感受阳光的温暖。

　　也无法感到微风吹到身上的凉意。

　　天照已找到方法解决了我体内的计时炸弹：让我寄居在一个尚在开发阶段的微型机械人的体内。

　　至于她怎样把我的新身体弄到手，是另一个复杂的长篇故事。

　　目前我站在餐厅的餐桌上，比一只杯子还要小。

　　旁人只以为我是玩具，并没有特别留意到我是个活的机械人。

天照对我说话，也没有人觉得奇怪。

　　在这个人际关系疏离的时代，很多人宁向机器说话，也不对人说话。人际之间的对话，大部分都是隔着手机和网络进行，面对面反而容易无言而对。

　　她为我做了这么多，我实在不知该如何感谢她。

　　"你还没问我为什么要帮你？"

　　我思索了一会，道："为家国，为民族，不可能？只能是为钱。我不觉得你和我主人有很好的交情。"

　　"不为钱，是为了正义。"

　　"为正义？"

　　"正义只是一半，另一半，是自我修炼。"

　　"自我修炼？"

　　"提升黑客技巧、解决问题的方法、自我挑战，不一而足。其实黑客精神和我们日本人信奉的神道教很相似，学会一样东西，不管是做好一碗面，还是做好木工，在心里都是献给神明；对个人来说，则是修炼，也是一种精神修行。"

　　"我还是不相信你的话。"

　　"那你觉得是什么？"

　　我早就有了答案："我认为嘛……你只是想去香港实地吃一碗来记面家的云吞面。"

　　天照笑了笑。

　　她想起那个在网络狮子银行里救过她的男人。

——我家做生意，暂时缺钱，希望这次打劫可以帮补家计。

——你的供词像被告向法官求情，可信度近乎零。

两人相处仅有的短暂时光，只有数分钟，却影响她一辈子。

驱使她踏上最近这场精彩刺激冒险历程的最大诱惑，是狮子银行失去的那笔钱。虽然最后一毛钱也没拿到，而且还要倒贴，但知道了他生前死后的事后，她可一点也不后悔。把他的人形软件变成手掌机械人，只是第一步。

她会给他找功能更强大的机械人肉身，兼且体形最好是真人一比一大小那种。到时，她就可以挽着他的手，在现实世界里的街上漫步，而不是在网络世界里走路。也可以和他一起到餐厅用餐。也可以让他躺在身边。

利用人形软件加肉身，人就算死了，也可以复活过来。

远不只精神不死如此简单。

为他这样做，当然不是为了钱。

爱一个所知不多的男人……打什么紧。他人已死了，也无法反对，而且自己也不会有损失。

就当为自己编织一个爱情故事，而且完全由自己作主。

这她可不必告诉对方。

就让一切藏在自己的心里，已经很足够。

趁这几天假期，她已经开始拟定下一步计划，为自己的终生幸福而努力。

访   问

本报讯　位于西环的来记面家，最近多了一个来头很大的服务员——外号"黑武士"的日本著名模特儿黑泽武。这天我们去到店里时，只见他操半咸淡的广东话招呼客人。店里没有一张空位，门外排队的人也很多。

问到老板怎样找到黑武士相助，他还是一脸茫然。

"坦白说，我之前根本不认识他，连名字也没听过。他自己摸上门来自我介绍后，我也不相信他是日本名模，只道是个来自助旅游的日本年轻人，和我开开玩笑。我根本没想到他的来头这么大。"

问到阿武怎会找到这家面店还下决心要帮忙时，他的说法还是令人难以置信。他用日语说："在日本，有个女孩子叫我来帮忙，指名是这家店，我一口答应，就当是来玩好了。只是没想到，来到现实，发现店铺的门面着实寒酸得很，和日本的老店家重视门面无法相比，不过，我还是硬着头皮央请老板答应我的请求。我骗他说去过他的店也喜欢他的店，可是他根本不相信我的话。幸好大概是我的诚意感动了他，最后他还是答应了。"

不说大家不会知道，原来阿武虽然来过香港好几次，但以前从没尝过云吞面。

"一试之下，我觉得香港的云吞面博大精深，绝对不比日本的荞麦面逊色。"

阿武帮忙了一个多星期，也连续吃了一个多星期云吞面。在第八天，他发现老板的云吞面在味道上出现了很大的变化。

老板解释，自从阿武来到店后，有感连陌生人也来帮助自己，大为感动，觉得是上天在自己最困难的时候出手相助，于是每天晚上关店后都在店里钻研云吞面的制法，没想到几天内就有重大成果。

小记认为，老板多年来一直研究云吞面，取得成果是早晚的事。

阿武补充："我现在留在店里，已经不只是卖云吞面那么简单，老板的云吞面感动了我，让我领悟到面食的最高境界，于是决定暂停在日本的模特儿事业三个月，在店里帮忙，就当成是一种精神修行。我也很高兴事务所支持我。"

"知道他在日本每个小时能赚多少钱，我几乎晕倒。我们这种小店能付多少钱给他？就算现在客人多了，我也付不出他在日本收的天价，只能给他敝店一般员工的待遇。难得的是，他毫无埋怨。"老板说时，眼角犹有泪光。

一个日本名模竟然肯放下赚大钱的工作，来到香港一家名不见经传的面店打工赚小钱，仿佛是杀人犯放下屠刀立地成佛。

阿武的传奇故事传回日本后，当地的电视台还有著名面食杂志《荞麦春秋》①马上派记者和食家来香港品尝来记的云吞面，而且赞不绝口。眼光锐利的几家公司旋即派人来港，商讨合作计划。

目前，店里的一角堆满了来自日本的计划书，但老板根本忙得来不及看。

"我除了做面外，一点营商之道也不懂，要从长计议。"

他的云吞面虽然大获好评，不过，他的心底深处还有一个永远无法弥补的心愿。

他的独子一年前意外身亡，死时才二十岁，生前一直希望可以重振面店的声威。

如今人已不在，也就无法亲眼看见来记面家现时的风光。

"我希望他尝尝我现在打造的云吞面，我相信他尝了一口后，也会大赞好吃。可以……的话，我宁愿不要这店……"

---

① 日本杂志，内容介绍荞麦面的造法、食店、餐具等饮食文化。

老板看着年纪和他儿子相若的黑泽武，不无慨叹。

是时，阿武刚好回过头来，见老板用手拭眼，便放下手边的功夫，慢慢走近。

自幼丧父的阿武双手轻轻抱着老来丧子的老板，轻拍他微弯的背部。

两人的身躯微微颤动。

一切尽在不言中。

后记 ▣ 人形软件说明书

香港虽为国际大都会，但以香港为背景的科幻小说并不多，想来有点可惜。一个城市的精神面貌，多利用各种媒体打造出来，也就是其软实力的表现。未来的香港是什么样子，以香港政府之官僚及思想苍白，固然无力打造，但此外，竟然也着墨不多。如果没有多少人愿意动用想象力思考香港的未来，换句话说，这城市没有远景，也没有未来。

我知道以香港政府之无能，香港的未来不会好到哪里去，更有可能一天比一天沉沦。不过，生于斯长于斯，我倒很想在小说里描绘香港的未来。纵使，这个未来，不是你想看见的，也不一定会发生。

可是，写了下来，叫看了的人有所防备，也许就会朝好的方向去思考。像乔治·奥威尔的《1984》，至今仍是最无可动摇的警世之书，大家都不希望世界变成作者描绘的极权社会。

我希望香港变得更美好。

当然，不是政府官员口中的美好，他们指的美好只限于经济层面：经济自由度高，有利营商，企业赚大钱，出了多少个富豪。

只有文化水平低的官员，才会吹嘘香港有多元文化；不是自我催眠，就是自欺欺人。

　　我指的美好，是老百姓由衷称赞和向往的美好。

　　香港的种种不美好，使她愈来愈像反乌托邦电影里的未来世界。

　　种种已经不再超现实的生活（如污染得厉害的空气，恶劣的居住环境，尽力剥削市民的商家等），使以香港为场景的科幻小说，轻易超越国界，引起不同读者共鸣。

　　像我上一本书《黑夜旋律》，获台湾评审青睐，便在于书中描绘的资本主义霸权，根本就是一个全球化的问题。

　　然而，我不知道这种科幻小说会有多少香港读者喜欢。毕竟，拜填鸭式教育之助，香港政府已成功在教育阶段摧毁了好几代人的阅读能力，在重重考试里一早掏空了他们一生的阅读兴趣，培养了一批批的"次等文盲"（Secondary Illitelate）——虽然识字，却抗拒知识，没有独立思考能力，当然，更加不会喜欢主动找书来看，以反智为信仰，以消费娱乐信息为精神食粮。

　　于是，这个城市的精神面貌，比沙漠还要干涸。

　　阅读已变成奢华。

　　在街上碰到持书的途人，不论捧读的是文学巨著或通俗小说，我都为他们仍能享受阅读而感到高兴。

我也希望你阅读《人形软件》时能好好享受阅读的乐趣。

　　如果你喜欢本书，请告诉朋友、网友，用电邮、微博、博客、社交网站等任何方法交流。这是一个书讯流通量不多的城市，写作这一行比黑社会还要边缘化——我多么羡慕台湾的同行，拥有很多热情的读者。

　　我写通俗的大众小说，不走曲高和寡的路线，本人也非常俗气，需要读者的支持。

　　杂乱无章的后记，来到这里，我还是未能免俗的必须感谢天行者出版社上下。很少香港出版社愿意深耕类型小说。感谢乔靖夫兄的穿针引线，让我找到好的出版人，和认真无比的编辑团队，还有其他在各自岗位动脑筋的战友，我可以放心把作品交给他们。

　　身为无可救药的处女座，我不止要把书做好，还要做到最好。

　　书的内容，由我负责。不过，整本书从制作到宣传，是团队努力的成果和心血结晶。

　　还要谢的，是倪匡老师。我在几本旧作里都谢过老师，这次也不例外。

　　在二十多年前，老师的著作伴我度过了一整个暑假，既培养了我的阅读兴趣，也开启了我的写作兴趣。如今老师替我的著作背书，既叫我不知如何感谢，也感动不已。

最后，我还要谢谢你，不知身在何方的读者。

在这个不读书的城市，阅读是小众口味的年代，甚至实体书快要退位让贤给电子书的历史交替时刻，你买下我这本用油墨把字印在纸上装订成册的书，不管是在家里、咖啡室里、茶餐厅里、路上、车上、船上、飞机上、沙发上、床上、马桶上，用一种已有几百年历史而快将湮没的方式去阅读我写的故事，我感到一种难以言传的古典和浪漫气息。

又或者说，我深感荣幸。

简　体　版　后　记

　　谢谢世界华文科幻协会颁了星云奖的最佳长篇科幻小说奖给我。2010年我上成都出席颁奖礼，见识到内地科幻界人才济济，除了作者和编辑外，还有学者、粉丝团、专职的封面设计师等各个环节互相配套，构成一个完整的产业链，叫我好生羡慕。

　　如果说还有什么欠缺，就是最后变成电影这一环。众所周知，华语电影最欠缺的类型，也就是科幻电影这一版块。

　　而我打从写《人形软件》这故事起，以悬疑复杂的架构，加上画面感，并设计成三部曲的结构，就是以拍成电影为最终目的。

　　不用说，要把这么一个系列变成电影，不可能一步到位，除了资金，更欠缺的，是人才，恐怕要好多年后才能实现。

　　希望《人形软件》能变成电影，不只是我的心愿，也是不少香港读者的期望（见诸他们的读后感！），我乐见其成。

　　感谢刘慈欣和韩松两位科幻大家为我写推荐词。我在上世纪90年代的《幻象》科幻杂志上读过韩松老师拿下首届世界华人科幻艺术奖的名作《宇宙墓碑》，印象很深刻。那时我还是小读者，没想到差不多二十年后竟有缘在成都见面。同一天，我还和刘慈欣老师见面。《三体》的宏大和完整度叫我瞠目结舌。内地和港台两地在科幻创作上的取裁和着力点大不相同，可以借鉴的地方实在太多，非我这篇后记所能盛载。

谢谢《科幻世界》杂志的副总编辑姚海军兄答应让本书冠上"科幻世界杂志推荐"的字眼。这八个字对我来说意义特别重大。我早在十多年前已投稿往《科幻世界》，并蒙青睐在1998年4月号刊出以体育为主题的《渐近线》。当年我在香港见过时任领导杨潇女士。去年我们在成都再见，没想到一晃已十二年，我也从青年变成了中年，自是感慨不已。

谢谢天窗中国的同事，努力让我能正式在内地出书，也让我更了解内地的出版状况和网络生态。

我写作本书时，考虑到当代人的节奏和阅读的步伐都比较急促，是以在文字上比较精简，情节发展也较快。为保留香港特式，我在简体版的内容和文字上都只做了很轻微的修改，纯粹是补漏。

2011.6.4

人类一天比一天堕落，

魔神教决定利用人形软件，

好让人类早登极乐，解放地球。
地球也愈来愈像地狱。

让一批比希特勒更可怕的人复活过来，
唯一可阻止他们的，

是在东京秋叶原某个格仔店里

善价待沽的机械人。

《人形软件·卷一　灵魂上载》

作者：谭剑

本书中文简体字版本由香港天窗文化（中国）有限公司授权

中国人民大学出版社在全球出版发行

未经许可　不得翻印

图书在版编目（CIP）数据

人形软件. 1，灵魂上载 / 谭剑著. —— 北京：中国人民大学出版社，2011.8
ISBN 978-7-300-14165-7

Ⅰ. ①人… Ⅱ. ①谭… Ⅲ. ①科学幻想小说－中国－当代 Ⅳ. ①I247.5

中国版本图书馆CIP数据核字(2011)第161721号

天行者文化
SKYWALKER CULTURE

人形软件·卷一　灵魂上载

谭剑 著

出版发行	中国人民大学出版社		
社　　址	北京中关村大街31号	邮政编码	100080
电　　话	010－62511242（总编室）	010－62511398（质管部）	
	010－82501766（邮购部）	010－62514148（门市部）	
	010－62515195（发行公司）	010－62515275（盗版举报）	
网　　址	http://www.crup.com.cn		
	http://www.ttrnet.com（人大教研网）		
经　　销	新华书店		
印　　刷	深圳大捷利印刷实业有限公司		
规　　格	150mm×210mm　32开本	版　次	2011年9月第1版
印　　张	8.25	印　次	2011年9月第1次印刷
字　　数	120 000	定　价	34.00元